【中华国学经典精粹】

警世通言

（双色版）

[明]冯梦龙 编著
于海英 注

Beijing United Publishing Co.,Ltd.
北京联合出版公司

图书在版编目（CIP）数据

警世通言 /（明）冯梦龙编著；于海英注. —北京：北京联合出版公司，2017.12（2018.10 重印）
（中华国学经典精粹）
ISBN 978-7-5596-1184-0

Ⅰ. ①警… Ⅱ. ①冯… ②于… Ⅲ. ①话本小说—小说集—中国—明代 Ⅳ. ①I242.3

中国版本图书馆CIP数据核字（2017）第261571号

警世通言

作　　者：冯梦龙
选题策划：宿春礼
责任编辑：李　征
封面设计：新纪元工作室
版式设计：新纪元工作室
责任校对：吕凯丽

北京联合出版公司出版
（北京市西城区德外大街83号楼9层　100088）
三河市龙大印装有限公司　新华书店经销
字数：130千字　787毫米×1092毫米　1/32　5印张
2018年10月第2版　2018年10月第2次印刷
ISBN 978-7-5596-1184-0
定价：19.80元

前言

古往今来，文学是人类文明的巨大宝藏，是精神灵魂的永恒避难所，而名著总是由时间来检验，又是经其而沉淀的。回溯历史之河，当着眼于中国小说史、聚焦于明清两代时，我们很容易就能列出一系列经典文学著作，如人情小说《红楼梦》、历史演义小说《三国演义》、神魔小说《西游记》、知识分子讽刺小说《儒林外史》等。当然，我们也有与世界文学接轨的精致的短篇小说集——“三言”“二拍”。

有人说：难以想象，如果没有冯梦龙的出现，中国古代短篇小说领域会怎样寂寞。的确，当长篇通俗小说纷纷涌现时，白话短篇小说以其破口式的惊艳引动了一股新的文学清泉。天启、崇祯年间，冯梦龙陆续推出了“三言”——《喻世明言》《警世通言》《醒世恒言》，赫然矗立起一座空前的艺术高峰，代表了中国古典短篇白话小说的最高境界。

究竟作者是何等人物？冯梦龙（1574—1646），字犹龙、子犹，号龙子犹、墨憨斋主人、顾曲散人、吴下词奴、姑苏词奴、前周柱史等，苏州人。他出身于士大夫家庭，从小博览群书，才华横溢，性情狂放。他交游来往的自然多为名士文人，而更值得一说的是：其兄梦桂，善画；弟梦熊，曾从冯梦龙治《春秋》，有诗传世。兄弟三人并称“吴下三冯”。

冯梦龙在通俗文学方面的造诣和民间文学上的贡献远不止于此。他以毕生的心血倾于搜集、整理和创作之事，编订了《挂枝儿》《山歌》等民歌集，创作了大量的戏曲剧本，编辑了散曲集

《太霞新奏》，增补改编了长篇小说《平妖传》《新列国志》。冯梦龙的作品中，影响最大、流传最广的还是“三言”。

“三言”是冯梦龙收集、加工、整理的话本小说集，共一百二十篇。在来源和形式上，以创作为辅，加工为主；在原则和方法上，为做到合乎当时读者的口味、具备艺术和审美的双重特点，他进行了严格的选择。书中所录故事跨宋、元、明三代，比例有所侧重，题材非常广泛，内容着实丰富，于是相应的，主题也是饱满的：呈现社会生活的复杂，尤其是市井日常的真实面貌；描摹人情世故的冷暖，尤其是各色人等的不同特点。

《警世通言》是“三言”的第二部，共四十卷，收话本四十种。值得一说的是，现在能够确定是冯梦龙自己创作的，在整个“三言”一百二十部作品中，只有一部，即收录在此书中的《老门生三世报恩》。本书本着瞻仰大家的姿态，精选了其中九卷优秀的篇目。我们选取的主题尽量兼收并蓄：中国古典短篇白话小说中最伟大的作品《杜十娘怒沉百宝箱》，是一个名妓以死对社会制度做出的控诉和抗议；影响巨大的名篇《白娘子永镇雷峰塔》，表现了一个善良多情又勇于抗争的女性对爱情婚姻的痛苦追求；《吕大郎还金完骨肉》讲述了小商贩拾金不昧，为人着想；《赵太祖千里送京娘》歌颂了无私助人的坦荡和义气；《俞伯牙摔琴谢知音》描写了古人知音相交，超越了贫富贵贱，义重情深；《王安石三难苏学士》教育人要谦虚戒骄，因为学无止境……无论是女性角色的崭新塑造，还是市民道德观念的正能量鞭挞，都是和该书全本甚至“三言”整体都是一脉相承的，展示了当时的社会百态，具有深刻的现实意义。

鉴于冯梦龙语言上的独特性——完美结合明代市民的北方话和江南通用的口语以及宋元时习用的口语，本书对文中的疑难字、词，均加以必要而简明的注释，以期增进读者阅读的流畅性和愉悦感。

目录

俞伯牙摔琴谢知音

浪说曾分鲍叔金，谁人辨得伯牙琴！
于今交道奸如鬼，湖海空悬一片心。

古来论交情至厚，莫如管鲍。管是管夷吾，鲍是鲍叔牙。他两个同为商贾，得利均分。时管夷吾多取其利，叔牙不以为贪，知其贫也；后来管夷吾被囚，叔牙脱之，荐为齐相。这样朋友，才是个真正相知。这相知有几样名色：恩德相结者，谓之知己；腹心相照者，谓之知心；声气相求者，谓之知音，总来叫做相知。今日听在下说一桩俞伯牙的故事。列位看官们，要听者，洗耳而听；不要听者，各随尊便。正是：

知音说与知音听，不是知音不与谈。

话说春秋战国时，有一名公，姓俞名瑞字伯牙，楚国郢[①]都人氏，即今湖广荆州府之地也。那俞伯牙身虽楚人，官星却落于晋国，仕至上大夫之位。因奉晋主之命，来楚国修聘。伯牙讨这个差使，一来是个大才，不辱君命；二来就便省视乡里，一举两得。当时从陆路至于郢都，朝见了楚王，致了晋主之命。楚王设宴款待，十分相敬。那郢都乃是桑梓[②]之地，少不得去看一看坟墓，会一会亲友。然虽如此，各事其主，君命在身，不敢迟留。公事已毕，拜辞楚王。楚王赠以黄金彩缎，高车驷马。伯牙离楚一十二年，思想故国江山之胜，欲得恣情观览，要打从水路大宽转而回。乃假奏楚王道："臣不幸有犬马之疾，不胜车马驰骤。乞假臣舟楫，以便医药。"楚王准奏，命水师拨大船二只，一正一副。正船单坐晋国来使，副船安顿仆从行李。都是兰桡[③]画桨，锦帐高帆，甚是齐整。群臣直送至江头而别。

只因览胜探奇，不顾山遥水远。

伯牙是个风流才子，那江山之胜，正投其怀。张一片风帆，凌千层碧浪，看不尽遥山叠翠，远水澄清。不一日，行至汉阳江口。时当八月十五日中秋之夜，偶然风狂浪涌，大雨如注。舟楫不能前进，泊于山崖之下。不多时，风恬浪静，雨止云开，现出一轮明月。那雨后之月，其光倍常。伯牙在船舱中，独坐无聊，命童子焚香炉内，“待我抚琴一操，以遣情怀。”童子焚香罢，捧琴囊置于案间。伯牙开囊取琴，调弦转轸④，弹出一曲。曲犹未终，指下“刮剌⑤”的一声响，琴弦断了一根。伯牙大惊，叫童子去问船头：“这住船所在是甚么去处？”船头答道：“偶因风雨，停泊于山脚之下，虽然有些草树，并无人家。”伯牙惊讶，想道：“是荒山了。若是城郭村庄，或有聪明好学之人，盗听吾琴，所以琴声忽变，有弦断之异。这荒山下，那得有听琴之人？哦，我知道了，想是有仇家差来刺客；不然，或是贼盗伺候更深，登舟劫我财物。”叫左右：“与我上崖搜检一番。不在柳阴深处，定在芦苇丛中！”

左右领命，唤齐众人，正欲搭跳上崖。忽听岸上有人答应道：“舟中大人，不必见疑。小子并非奸盗之流，乃樵夫也。因打柴归晚，值骤雨狂风，雨具不能遮蔽，潜身岩畔。闻君雅操，少住听琴。”伯牙大笑道：“山中打柴之人，也敢称‘听琴’二字！此言未知真伪，我也不计较了。左右的，叫他去罢。”那人不去，在崖上高声说道：“大人出言谬矣！岂不闻‘十室之邑，必有忠信。’‘门内有君子，门外君子至。’大人若欺负山野中没有听琴之人，这夜静更深，荒崖下也不该有抚琴之客了。”

伯牙见他出言不俗，或者真是个听琴的，亦未可知。止住左右不要罗唣[6]，走近舱门，回嗔作喜的问道：“崖上那位君子，既是听琴，站立多时，可知道我适才所弹何曲？”那人道：“小子若不知，却也不来听琴了。方才大人所弹，乃孔仲尼叹颜回，谱入琴声。其词云：‘可惜颜回命蚤亡，教人思想鬓如霜。只因陋巷箪瓢乐，……’到这一句，就断了琴弦，不曾抚出第四句来，小子也还记得：‘留得贤名万古扬。’”伯牙闻言大喜道：“先生果非俗士，隔崖遥远，难以问答。”命左右：“掌跳，看扶手，请那位先生登舟细讲。”左右掌跳，此人上船，果然是个樵夫：头戴箬[7]笠，身披蓑衣，手持尖担，腰插板斧，脚踏芒鞋。手下人那知言谈好歹，见是樵夫，下眼相看：“咄！那樵夫下舱去，见我老爷叩头，问你甚么言语，小心答应。官尊着哩！”樵夫却是个有意思的，道：“列位不须粗鲁，待我解衣相见。”除了斗笠，头上是青布包巾；脱了蓑衣，身上是蓝布衫儿；搭膊拴腰，露出布裩[8]下截。那时不慌不忙，将蓑衣、斗笠、尖担、板斧，俱安放舱门之外。脱下芒鞋，躧[9]去泥水，重复穿上，步入舱来。官舱内公座上灯烛辉煌。樵夫长揖而不跪，道：“大人，施礼了。”俞伯牙是晋国大臣，眼界中那有两接的布衣。下来还礼，恐失了官体，既请下船，又不好叱他回去。伯牙没奈何，微微举手道：“贤友免礼罢。”叫童子看坐的。童子取一张机[10]坐儿置于下席。伯牙全无客礼，把嘴向樵夫一努，道：“你且坐了。”你我之称，怠慢可知。那樵夫亦不谦让，俨然坐下。

伯牙见他不告而坐，微有嗔怪之意，因此不问姓名，亦不呼手下人看茶。默坐多时，怪而问之：“适才崖上听琴的，就是你么？”樵夫答言：“不敢。”伯牙道：“我且问你，既来听琴，必知琴之出处。此琴何人所造？抚他有甚好处？”正问之时，船头来禀话：“风色顺了，月明如昼，可以开船。”伯牙分付：“且慢些！”樵夫道，“承大人下问，小子若讲话絮烦，恐担误顺风行舟。”伯牙笑道：“惟恐你不知琴理。若讲得有理，就不做官，亦非大事，何况行路之迟速乎！”

樵夫道：“既如此，小子方敢僭谈。此琴乃伏羲氏所琢，见五星之精，飞坠梧桐，凤皇来仪。凤乃百鸟之王，非竹实不食，非梧桐不栖，非醴泉不饮。伏羲以知梧桐乃树中之良材，夺造化之精气，堪为雅乐，令人伐之。其树高三丈三尺，按三十三天之数；截为三段，分天、地、人三才。取上一段叩之，其声太清，以其过轻而废之；取下一段叩之，其声太浊，以其过重而废之；取中一段叩之，其声清浊相济，轻重相兼。送长流水中，浸七十二日，按七十二候之数。取起阴干，选良时吉日，用高手匠人刘子奇制成乐器。此乃瑶池之乐，故名瑶琴。长三尺六寸一分，按周天三百六十一度；前阔八寸，按八节；后阔四寸，按四时；厚二寸，按两仪。有金童头，玉女腰，仙人背，龙池，凤沼，玉轸，金徽。那徽有十二，按十二月；又有一中徽，按闰月。先是五条弦在上，外按五行：金、木、水、火、土；内按五音：宫、商、角、徵、羽。尧舜时操五弦琴，歌《南风》诗，天下大治。后因周文王被囚于羑[11]里，吊子伯邑考，添弦一根，清幽哀怨，谓之文弦。后武王伐纣，前歌后舞，添弦一根，激烈发扬，谓之武弦。先是宫、商、角、徵、羽五弦，后加二弦，称为文武七弦琴。此琴有六忌、七不弹、八绝。何为六忌？一忌大寒，二忌大暑，三忌大风，四忌大雨，五忌迅雷，六忌大雪。何为七不弹？闻丧者不弹，奏乐不弹，事冗不弹，不净身不弹，衣冠不整不弹，不焚香不弹，不遇知音者不弹。何为八绝？总之清奇幽雅，悲壮悠长。此琴抚到尽美尽善之处，啸虎闻而不吼，哀猿听而不啼。乃雅乐之好处也。”

伯牙听见他对答如流，犹恐是记问之学。又想道：“就是记问之学，也亏他了。我再试他一试。”此时已不似在先你我之称了，又问道："足下既知乐理，当时孔仲尼鼓琴于室中，颜回自外入，闻琴中有幽沉之声，疑有贪杀之意，怪而问之。仲尼曰：'吾适鼓琴，见猫方捕鼠，欲其得之，又恐其失之。此贪杀之意，遂露于丝桐。'始知圣门音乐之理，入于微妙。假如下官抚琴，心中有所思念，足下能闻而知之否？"樵夫道："《毛诗》云：'他人有心，予忖度之。'大人试抚弄一过，小子任心猜度。若猜不着时，大人休得见罪。"伯牙将断弦重整，沉思半晌，其意在于高山，抚琴一弄。樵夫赞道："美哉洋洋乎！大人之意，在高山也。"伯牙不答。又凝神一会，将琴再鼓，其意在于流水。樵夫又赞道："美哉汤汤乎！志在流水。"只两句，道着了伯牙的心事。伯牙大惊，推琴而起，与子期施宾主之礼。连呼："失敬！失敬！石中有美玉之藏，若以衣貌取人，岂不误了天下贤士！先生高名雅姓？"樵夫欠身而答："小子姓钟，名徽，贱字子期。"伯牙拱手道："是钟子期先生。"子期转问："大人高姓？荣任何所？"伯牙道："下官俞瑞，仕于晋朝，因修聘上国而来。"子期道："原来是伯牙大人。"伯牙推子期坐于客位，自己主席相陪，命童子点茶。茶罢，又命童子取酒共酌。伯牙道："借此攀话，休嫌简亵[12]。"子期称："不敢。"

童子取过瑶琴，二人入席饮酒。伯牙开言又问："先生声口是楚人了，但不知尊居何处？"子期道："离此不远，地名马安山集贤村，便是荒居。"伯牙点头道："好个集贤村。"又问："道艺何为？"子期道："也就是打柴为生。"伯牙微笑道："子期先生，下官也不该僭言，似先生这等抱负，何不求取功名，立身于廊庙，垂名于竹帛；却乃赍[13]志林泉，混迹樵牧，与草木同朽？窃为先生不取也。"子期道："实不相瞒，舍间上有年迈二亲，下无手足相辅。采樵度日，以尽父母之馀年。虽位为三公之尊，不忍易我一日之养也。"

伯牙道："如此大孝，一发难得。"

二人杯酒酬酢了一会。子期宠辱无惊，伯牙愈加爱重。又问子期："青春多少？"子期道："虚度二十有七。"伯牙道："下官年长一旬。子期若不见弃，结为兄弟相称，不负知音契友。"子期笑道："大人差矣！大人乃上国名公，钟徽乃穷乡贱子，怎敢仰扳[14]？有辱俯就。"伯牙道："'相识满天下，知心能几人？'下官碌碌风尘，得与高贤结契，实乃生平之万幸。若以富贵贫贱为嫌，觑俞瑞为何等人乎！"遂命童子重添炉火，再爇[15]名香，就船舱中与子期顶礼八拜。伯牙年长为兄，子期为弟。今后兄弟相称，生死不负。拜罢，复命取暖酒再酌。子期让伯牙上坐，伯牙从其言，换了杯箸，子期下席，兄弟相称，彼此谈心叙话。正是：

合意客来心不厌，知音人听话偏长。

谈论正浓，不觉月淡星稀，东方发白。船上水手都起身收拾篷索，整备开船。子期起身告辞，伯牙捧一杯酒递与子期，把子期之手，叹道："贤弟，我与你相见何太迟，相别何太早！"子期闻言，不觉泪珠滴于杯中。子期一饮而尽，斟酒回敬伯牙。二人各有眷恋不舍之意。伯牙道："愚兄余情不尽，意欲曲延贤弟同行数日，未知可否？"子期道："小弟非不欲相从。怎奈二亲年老，'父母在，不远游。'"伯牙道："既是二位尊人在堂，回去告过二亲，到晋阳来看愚兄一看，这就是'游必有方'了。"子期道："小弟不敢轻诺而寡信，许了贤兄，就当践约。万一禀命于二亲，二亲不允，使仁兄悬望于数千里之外，小弟之罪更大矣。"伯牙道："贤弟真所谓至诚君子。也罢，明年还是我来看贤弟。"子期道："仁兄明岁何时到此？小弟好伺候尊驾。"伯牙屈指道："昨夜是中秋节，今日天明，是八月十六日了。贤弟，我来仍在仲秋中五六日奉访。若过了中旬，迟到季秋月分，就是爽信，不为君子，"叫童子："分付记室，将钟贤弟所居地名及相会的日期，登写在日记簿上。"子期道："既如此，小弟来年仲秋中五六日，准在江边侍立拱候，不敢有误。天色已明，小弟告辞了。"伯牙道："贤弟且住。"命童子取黄金二笏[16]，不用封帖，双手捧定，道："贤弟，些须薄礼，权为二位尊人甘旨[17]之费。斯文骨肉，勿得嫌轻。"子期不敢谦让，即时收下。再拜告别，含泪出舱，取尖担挑了蓑衣、斗笠，插板斧于腰间，掌跳搭扶手上崖。伯牙直送至船头，各各洒泪而别。

不题子期回家之事。再说俞伯牙点鼓开船，一路江山之胜，无心观览，心心念念，只想着知音之人。又行了几日，舍舟登岸。经过之地，知是晋国上大夫，不敢轻慢，安排车马相送。直至晋阳，回复了晋主，不在话下。

光阴迅速，过了秋冬，不觉春去夏来。伯牙心怀子期。无日忘之。想着中秋节近，奏过晋主，给假还乡。晋主依允。伯牙收拾行装，仍打大宽转，从水路而行。下船之后，分付水手，但是湾泊所在，就来通报地名。事有偶然，刚刚八月十五夜，水手禀复，此去马安山不远。伯牙依稀还认得去年泊船相会子期之处。分付水手，将船湾泊，水底抛锚，崖边钉橛。其夜晴明，船舱内一线月光，射进朱帘。伯牙命童子将帘卷起，步出舱门，立于船头之上，仰观斗柄。水底天心，万顷茫然，照如白昼。思想去岁与知己相逢，雨止月明。今夜重来，又值良夜。他约定江边相候，如何全无踪影，莫非爽信？又等了一会，想道："我理会得了。江边来往船只颇多。我今日所驾的，不是去年之船了。吾弟急切如何认得？去岁我原为抚琴惊动知音。今夜仍将瑶琴抚弄一曲，吾弟闻之，必来相见。"命童子取琴桌安放船头，焚香设座。伯牙开囊，调弦转轸，才泛音律，商弦中有哀怨之声。伯牙停琴不操："呀！商弦哀声凄切，吾弟必遭忧在家。去岁曾言父母年高。若非父丧，必是母亡。他为人至孝，事有轻重，宁失信于我，不肯失礼于亲，所以不来也。来日天明，我亲上崖探望。”叫童子收拾琴桌，下舱就寝。

伯牙一夜不睡，真个巴明不明，盼晓不晓。看看月移帘影，日出山头。伯牙起来梳洗整衣，命童子携琴相随，又取黄金十镒[18]带去：“傥吾弟居丧，可为赠礼。”踹跳登崖，行于樵径，约莫十数里，出一谷口，伯牙站住。童子禀道：“老爷为何不行？”伯牙道：“山分南北，路列东西。从山谷出来，两头都是大路，都去得。知道那一路在集贤村去？等个识路之人，问明了他，方才可行。”伯牙就石上少憩，童儿退立于后。不多时，左手官路上有一老叟，髯垂玉线，发挽银丝，箬冠野服，左手举藤杖，右手携竹篮，徐步而来。伯牙起身整衣，向前施礼。那老者不慌不忙，将右手竹篮轻轻放下，双手举藤杖还礼，道：“先生有何见教？”伯牙道：“请问两头路，那一条路，往集贤村去的？”老者道：“那两头路，就是两个集贤村。左手是上集贤村，右手是下集贤村，通衢三十里官道。先生从谷出来，正当其半。东去十五里，西去也是十五里。不知先生要往那一个集贤村？”

伯牙默默无言，暗想道：“吾弟是个聪明人，怎么说话这等糊涂！相会之日，你知道此间有两个集贤村，或上或下，就该说个明白了。”伯牙却才沉吟，那老者道：“先生这等吟想，一定那说路的，不曾分上下，总说了个集贤村，教先生没处抓寻了。”伯牙道：“便是。”老者道：“两个集贤村中，有一二十家庄户，大抵都是隐遁避世之辈。老夫在这山里，多住了几年，正是‘土居三十载，无有不亲人’。这些庄户，不是舍亲，就是敝友。先生到集贤村必是访友，只说先生所访之友，姓甚名谁，老夫就知他住处了。”伯牙道：“学生要往钟家庄去。”老者闻“钟家庄”三字，一双昏花眼内，扑簌簌掉下泪来，道：“先生别家可去，若说钟家庄，不必去了。”伯牙惊问：“却是为何？”老者道：“先生到钟家庄，要访何人？”伯牙道：“要访子期。”老者闻言，放声大哭道：“子期钟徽，乃吾儿也。去年八月十五采樵归晚，遇晋国上大夫俞伯牙先生。讲论之间，意气相投，临行赠黄金二笏。吾儿买书攻读，老拙无才，不曾禁止。旦则采樵负重，暮则诵读辛勤，心力耗废，染成怯疾，数月之间，已亡故了。”

伯牙闻言，五内崩裂，泪如涌泉，大叫一声，傍山崖跌倒，昏绝于地。钟公用手搀扶，回顾小童道，“此位先生是谁？”小童低低附耳道：“就是俞伯牙老爷。”钟公道：“元来是吾儿好友。”扶起伯牙苏醒。伯牙坐于地下，口吐痰涎，双手捶胸，恸哭不已。道：“贤弟呵，我昨夜泊舟，还说你爽信，岂知已为泉下之鬼！你有才无寿了！”钟公拭泪相劝。伯牙哭罢起来，重与钟公施礼，不敢呼老丈，称为老伯，以见通家兄弟之意。伯牙道：“老伯，令郎还是停柩在家，还是出瘗[19]郊外了？”钟公道：“一言难尽！亡儿临终，老夫与拙荆坐于卧榻之前。亡儿遗语嘱付道：‘修短由天，儿生前不能尽人子事亲之道，死后乞葬于马安山江边。与晋大夫俞伯牙有约，欲践前言耳。’老夫不负亡儿临终之言。适才先生来的小路之右，一丘新土，即吾儿钟徽之冢。今日是百日之忌，老夫提一陌纸钱，往坟前烧化，何期与先生相遇！”伯牙道：“既如此，奉陪老伯，就坟前一拜。”命小童代太公提了竹篮。

钟公策杖引路，伯牙随后，小童跟定，复进谷口。果见一丘新土，在于路左。伯牙整衣下拜：“贤弟在世为人聪明，死后为神灵应。愚兄此一拜，诚永别矣！”拜罢，放声又哭。惊动山前山后、山左山右黎民百姓，不问行的住的、远的近的，闻得朝中大臣来祭钟子期，回绕坟前，争先观看。伯牙却不曾摆得祭礼，无以为情。命童子把瑶琴取出囊来，放于祭石台上，盘膝坐于坟前，挥泪两行，抚琴一操。那些看者，闻琴韵铿锵，鼓掌大笑而散。伯牙问："老伯，下官抚琴，吊令郎贤弟，悲不能已，众人为何而笑？"钟公道："乡野之人，不知音律。闻琴声以为取乐之具，故此长笑。"伯牙道："原来如此。老伯可知所奏何曲？"钟公道："老夫幼年也颇习。如今年迈，五官半废，模糊不懂久矣。"伯牙道："这就是下官随心应手一曲短歌，以吊令郎者，口诵于老伯听之。"钟公道："老夫愿闻。"伯牙诵云：

忆昔去年春，江边曾会君。今日重来访，不见知音人。但见一抔[20]土，惨然伤我心！伤心伤心复伤心，不忍泪珠纷。来欢去何苦，江畔起愁云。子期子期兮，你我千金义，历尽天涯无足语。此曲终兮不复弹，三尺瑶琴为君死！

伯牙于衣夹间取出解手刀，割断琴弦，双手举琴，向祭石台上用力一摔，摔得玉轸抛残，金徽零乱。钟公大惊，问道："先生为何摔碎此琴？"伯牙道：

摔碎瑶琴凤尾寒，子期不在对谁弹！
春风满面皆朋友，欲觅知音难上难。

钟公道："原来如此，可怜！可怜！"伯牙道："老伯高居，端的在上集贤村，还是下集贤村？"钟公道："荒居在上集贤村第八家就是。先生如今又问他怎的？"伯牙道："下官伤感在心，不敢随老伯登堂了。随身带得有黄金二镒，一半代令郎甘旨之奉，一半买几亩祭田，为令郎春秋扫墓之费。待下官回本朝时，上表告归林下。那时却到上集贤村，迎接老伯与老伯母，同到寒家，以尽天年。吾即子期，子期即吾也。老伯勿以下官为外人相嫌。"说罢，命小童取出黄金，亲手递与钟公，哭拜于地。钟公答拜，盘桓半晌而别。

这回书，题作《俞伯牙摔琴谢知音》。后人有诗赞云：

势利交怀势利心，斯文谁复念知音！
伯牙不作钟期逝，千古令人说破琴。

【注释】

①郢：音影。②桑梓：指称故乡。③桡：音饶，桨，楫。④轸：音枕，弦乐器上系弦线的小柱，可转动以调节弦的松紧。⑤刺：音辣。⑥罗唣：同“啰唣”。吵闹，寻事。唣，音皂。⑦箬：音若。⑧裩：音昆。⑨躧：同“屣”“蹝”。⑩杌：音物，小凳。⑪羑：音有。⑫简亵：怠慢不恭，轻慢无礼。⑬赍：音机。⑭仰扳：犹高攀。⑮爇：音若，烧。⑯笏：音户，金银的计算单位。铸金银成笏形，一枚为一笏。⑰甘旨：指甜美的食物，又特指养亲的食物。⑱镒：古代重量单位，一镒合二十两（一说二十四两）。⑲瘞：音意，掩埋，埋葬。⑳抔：音剖，阳平。

王安石三难苏学士

海鳖曾欺井内蛙，大鹏张翅绕天涯。
强中更有强中手，莫向人前满自夸。

这四句诗，奉劝世人虚己下人，勿得自满。古人说得好，道是：“满招损，谦受益。”俗谚又有四不可尽的话。那四不可尽？

势不可使尽，福不可享尽，
便宜不可占尽，聪明不可用尽。

你看如今有势力的，不做好事，往往任性使气，损人害人，如毒蛇猛兽，人不敢近。他见别人惧怕，没奈他何，意气扬扬，自以为得计。却不知八月潮头，也有平下来的时节。危滩急浪中，趁着这刻儿顺风，扯了满篷，望前只顾使去，好不畅快。不思去时容易，转时甚难。当时夏桀、商纣，贵为天子，不免窜身于南巢，悬头于太白。那桀、纣有何罪过？也无非倚贵欺贱，恃强凌弱，总来不过是使势而已。假如桀、纣是个平民百姓，还造得许多恶业否？所以说“势不可使尽”。

怎么说福不可享尽？常言道：“惜衣有衣，惜食有食。”又道：“人无寿夭，禄尽则亡。”晋时石崇太尉，与皇亲王恺斗富，以酒沃釜，以蜡代薪。锦步障大至五十里，坑厕间皆用绫罗供帐，香气袭人。跟随家僮，都穿火浣布衫，一衫价值千金。买一妾，费珍珠十斛[①]。后来死于赵王伦之手，身首异处。此乃享福太过之报。

怎么说便宜不可占尽？假如做买卖的错了分文入己，满脸堆笑。却不想小经纪若折了分文，一家不得吃饱饭，我贪此些须小便宜，亦有何益？昔人有占便宜诗云：

> 我被盖你被，你毡盖我毡。
> 你若有钱我共使，我若无钱用你钱。
> 上山时你扶我脚，下山时我靠你肩。
> 我有子时做你婿，你有女时伴我眠。
> 你依此誓时，我死在你后；
> 我违此誓时，你死在我前。

若依得这诗时，人人都要如此，谁是呆子，肯束手相让？就是一时得利，暗中损福折寿，自己不知。所以佛家劝化世人，吃一分亏，受无量福。有诗为证：

> 得便宜处欣欣乐，不遂心时闷闷忧。
> 不讨便宜不折本，也无欢乐也无愁。

说话的，这三句都是了。则那聪明二字，求之不得，如何说聪明不可用尽？见不尽者，天下之事。读不尽者，天下之书。参不尽者，天下之理。宁可懵懂而聪明，不可聪明而懵懂。如今且说一个人，古来第一聪明的。他聪明了一世，懵懂在一时。留下花锦般一段话文，传与后生小子恃才夸己的看样。那第一聪明的是谁？

吟诗作赋般般会，打诨猜谜件件精。

不是仲尼重出世，定知颜子再投生。

话说宋神宗皇帝在位时，有一名儒，姓苏名轼，字子瞻，别号东坡，乃四川眉州眉山人氏。一举成名，官拜翰林学士。此人天资高妙，过目成诵，出口成章。有李太白之风流，胜曹子建之敏捷。在宰相荆公王安石先生门下，荆公甚重其才。东坡自恃聪明，颇多讥诮。荆公因作《字说》，一字解作一义。偶论东坡的坡字，从土从皮，谓坡乃土之皮。东坡笑道："如相公所言，滑字乃水之骨也。"一日，荆公又论及鲵字，从鱼从兒，合是鱼子；四马曰驷，天虫为蚕，古人制字，定非无义。东坡拱手进言："鸠字九鸟，可知有故？"荆公认以为真，欣然请教。东坡笑道："《毛诗》云：'鸣鸠在桑，其子七兮。'连娘带爷，共是九个。"荆公默然，恶其轻薄，左迁为湖州刺史。正是：

是非只为多开口，烦恼皆因巧弄唇。

东坡在湖州做官，三年任满朝京，作寓于大相国寺内。想当时因得罪于荆公，自取其咎。常言道："未去朝天子，先来谒相公。"分付左右备脚色手本，骑马投王丞相府来。离府一箭之地，东坡下马步行而前。见府门首许多听事官吏，纷纷站立。东坡举手问道："列位，老太师在堂上否？"守门官上前答道："老爷昼寝未醒，且请门房中少坐。"从人取交床在门房中，东坡坐下，将门半掩。

不多时，相府中有一少年人，年方弱冠，戴缠鬃大帽，穿青绢直摆，攧[②]手洋洋，出府下阶。众官吏皆躬身揖让，此人从东向西而去。东坡命从人去问，相府中适才出来者何人？

从人打听明白回复，是丞相老爷府中掌书房的，姓徐。东坡记得荆公书房中宠用的有个徐伦，三年前还未冠。今虽冠了，面貌依然，叫从人："既是徐掌家，与我赶上一步，快请他转来。"从人飞奔去了，赶上徐伦，不敢于背后呼唤，从傍边抢上前去，垂手侍立于街傍，道："小的是湖州府苏爷的长班。苏爷在门房中，请徐老爹相见，有句话说。"徐伦问："可是长胡子的苏爷？"从人道："正是。"东坡是个风流才子，见人一团和气，平昔与徐伦相爱，时常写扇送他。徐伦听说是苏学士，微微而笑，转身便回。从人先到门房，回复徐掌家到了。徐伦进门房来见苏爷，意思要跪下去，东坡用手搀住。这徐伦立身相府，掌内书房，外府州县首领官员到京参谒丞相，知会徐伦，俱有礼物，单帖通名，今日见苏爷怎么就要下跪？因苏爷久在丞相门下往来，徐伦自小书房答应，职任烹茶，就如旧主人一般，一时大不起来。苏爷却全他的体面，用手搀住道："徐掌家，不要行此礼。"徐伦道："这门房中不是苏爷坐处，且请进府到东书房待茶。"

这东书房，便是王丞相的外书房了。凡门生知友往来，都到此处。徐伦引苏爷到东书房，看了坐，命童儿烹好茶伺候。"禀苏爷，小的奉老爷遣差往太医院取药，不得在此伏侍，怎么好？"东坡道："且请治事。"徐伦去后，东坡见四壁书橱关闭有锁，文几上只有笔砚，更无余物。东坡开砚匣，看了砚池，是一方绿色端砚，甚有神采。砚上余墨未干。方欲掩盖，忽见砚匣下露出些纸角儿。东坡扶起砚匣，乃是一方素笺，叠做两摺③。取而观之，原来是两句未完的诗稿，认得荆公笔迹，题是《咏菊》。东坡笑道："士别三日，换眼相待。昔年我曾在京为官时，此老下笔数千言，不由思索。三年后，也就不同了。正是江淹才尽，两句诗不曾终韵。"念了一遍，"呀，原来连这两句诗都是乱道。"这两句诗怎么样写？

西风昨夜过园林，吹落黄花满地金。

东坡为何说这两句诗是乱道？一年四季，风各有名：春天为和风，夏天为薰风，秋天为金风，冬天为朔风。和、薰、金、朔四样风配着四时。这诗首句说西风，西方属金，金风乃秋令也。那金风一起，梧叶飘黄，群芳零落。第二句说“吹落黄花满地金”，黄花即菊花。此花开于深秋，其性属火，敢与秋霜鏖战，最能耐久，随你老来焦干枯烂，并不落瓣。说个“吹落黄花满地金”，岂不是错误了？兴之所发，不能自已，举笔舐墨，依韵续诗二句：

秋花不比春花落，说与诗人仔细吟。

写便写了，东坡愧心复萌：“倘此老出书房相待，见了此诗，当面抢白，不像晚辈体面。欲待袖去以灭其迹，又恐荆公寻诗不见，带累徐伦。”思算不妥，只得仍将诗稿折叠，压于砚匣之下，盖上砚匣，步出书房。到大门首，取脚色手本，付与守门官吏，嘱付道：“老太师出堂，通禀一声，说苏某在此伺候多时。因初到京中，文表不曾收拾。明日早朝赍过表章，再来谒见。”说罢，骑马回下处去了。

不多时，荆公出堂。守门官吏虽蒙苏爷嘱付，没有纸包相送，那个与他禀话，只将脚色手本和门簿缴纳。荆公也只当常规，未及观看，心下记着菊花诗二句未完韵。恰好徐伦从太医院取药回来，荆公唤徐伦送置东书房，荆公也随后入来。坐定，揭起砚匣，取出诗稿一看，问徐伦道：“适才何人到此？”徐伦跪下，禀道：“湖州府苏爷伺候老爷曾到。”荆公看其字迹，也认得是苏学士之笔。口中不语，心下踌躇：“苏轼这个小畜生，虽遭挫折，轻薄之性不改！不道自己学疏才浅，敢来讥讪老夫！明日早朝，奏过官里，将他削职为民。”又想道：“且住，他也不晓得黄州菊花落瓣，也怪他不得！”叫徐伦取湖广缺官册籍来看。单看黄州府，余官俱在，只缺少个团练副使，荆公暗记在心。命徐伦将诗稿贴于书房柱上。

明日早朝，密奏天子，言苏轼才力不及，左迁黄州团练副使。天下官员到京上表章，升降勾除，各自安命。惟有东坡心中不服，心下明知荆公为改诗触犯，公报私仇。没奈何，也只得谢恩。朝房中才卸朝服，长班禀道："丞相爷出朝。"东坡露堂一恭。荆公肩舆中举手道："午后老夫有一饭。"东坡领命。回下处修书，打发湖州跟官人役，兼本衙管家，往旧任接取家眷黄州相会。

午牌过后，东坡素服角带，写下新任黄州团练副使脚色手本，乘马来见丞相领饭。门吏通报，荆公分付请进到大堂拜见。荆公待以师生之礼，手下点茶，荆公开言道："子瞻左迁黄州，乃圣上主意，老夫爱莫能助。子瞻莫错怪老夫否？"东坡道："晚学生自知才力不及，岂敢怨老太师！"荆公笑道："子瞻大才，岂有不及！只是到黄州为官，闲暇无事，还要读书博学。"东坡目穷万卷，才压千人。今日劝他读书博学，还读什么样书！口中称谢道："承老太师指教。"心下愈加不服。荆公为人至俭，肴不过四器，酒不过三杯，饭不过一箸。东坡告辞，荆公送下滴水檐前，携东坡手道："老夫幼年灯窗十载，染成一症，老年举发，太医院看是痰火之症。虽然服药，难以除根。必得阳羡茶，方可治。有荆溪进贡阳羡茶，圣上就赐与老夫。老夫问太医院官如何烹服，太医院官说须用瞿塘中峡水。瞿塘在蜀，老夫几欲差人往取，未得其便，兼恐所差之人未必用心。子瞻桑梓之邦，倘尊眷往来之便，将瞿塘中峡水，携一瓮寄与老夫，则老夫衰老之年，皆子瞻所延也。"东坡领命，回相国寺。

次日辞朝出京，星夜奔黄州道上。黄州合府官员知东坡天下有名才子，又是翰林谪官，出郭远迎。选良时吉日，公堂上任。过月之后，家眷方到。东坡在黄州与蜀客陈季常为友。不过登山玩水，饮酒赋诗，军务民情，秋毫无涉。

光阴迅速，将及一载。时当重九之后，连日大风。一日风息，东坡兀坐书斋，忽想："定惠院长老曾送我黄菊数种，栽于后园，今日何不去赏玩一番？"足犹未动，恰好陈季常相访。东坡大喜，便拉陈慥[④]同往后园看菊。到得菊花棚下，只见满地铺金，枝上全无一朵。唬得东坡目瞪口呆，半晌无语。陈慥问道："子瞻见菊花落瓣，缘何如此惊诧？"东坡道："季常有所不知。平常见此花只是焦干枯烂，并不落瓣，去岁在王荆公府中，见他《咏菊》诗二句道：'西风昨夜过园林，吹落黄花满地金。'小弟只道此老错误了，续诗二句道：'秋花不比春花落，说与诗人仔细吟。'却不知黄州菊花果然落瓣！此老左迁小弟到黄州，原来使我看菊花也。"陈慥笑道："古人说得好：

广知世事休开口，纵会人前只点头。
假若连头俱不点，一生无恼亦无愁。"

东坡道："小弟初然被谪，只道荆公恨我摘其短处，公报私仇。谁知他到不错，我到错了。真知灼见者，尚且有误，何况其他！吾辈切记，不可轻易说人笑人，正所谓经一失长一智耳。"东坡命家人取酒，与陈季常就落花之下，席地而坐。正饮酒间，门上报道："本府马太爷拜访，将到。"东坡分付："辞了他罢。"是日，两人对酌闲谈，至晚而散。

次日，东坡写了名帖，答拜马太守。马公出堂迎接。彼时没有迎宾馆，就在后堂分宾而坐。茶罢，东坡因叙出去年相府错题了菊花诗，得罪荆公之事。马太守微笑道："学生初到此间，也不知黄州菊花落瓣。亲见一次，此时方信。可见老太师学问渊博，有包罗天地之抱负。学士大人一时忽略，陷于不知，何不到京中太师门下赔罪一番，必然回嗔作喜。"

东坡道："学生也要去，恨无其由。"太守道："将来有一事方便，只是不敢轻劳。"东坡问何事。太守道："常规，冬至节必有贺表到京，例差地方官一员。学士大人若不嫌琐屑，假进表为由，到京也好。"东坡道："承堂尊大人用情，学生愿往。"太守道："这道表章，只得借重学士大笔。"东坡应允。

别了马太守回衙，想起荆公嘱付要取瞿塘中峡水的话来。初时心中不服，连这取水一节，置之度外。如今却要替他出力做这件事，以赎妄言之罪。但此事不可轻托他人。现今夫人有恙，思想家乡。既承贤守公美意，不若告假亲送家眷还乡，取得瞿塘中峡水，庶为两便。黄州至眉州，一水之地，路正从瞿塘三峡过。那三峡？西陵峡，巫峡，归峡。西陵峡为上峡，巫峡为中峡，归峡为下峡。那西陵峡，又唤做瞿塘峡，在菱州府城之东。两崖对峙，中贯一江，滟滪堆当其口，乃三峡之门。所以总唤做瞿塘三峡。此三峡共长七百余里，两岸连山无阙，重峦叠嶂，隐天蔽日。风无南北，惟有上下。自黄州到眉州，总有四千余里之程，夔州适当其半。东坡心下计较："若送家眷直到眉州，往回将及万里，把贺冬表又担误了。我如今有个道理，叫做公私两尽。从陆路送家眷至夔州，却令家眷自回。我在夔州换船下峡，取了中峡之水，转回黄州，方往东京。可不是公私两尽。"算计已定，对夫人说知，收拾行李，辞别了马太守，衙门上悬一个告假的牌面。择了吉日，准备车马，唤集人夫，合家起程。一路无事，自不必说。

才过夷陵州，早是高唐县。
驿卒报好音，夔州在前面。

东坡到了夔州，与夫人分手。嘱付得力管家，一路小心伏侍夫人回去。东坡讨个江船，自夔州开发，顺流而下。原来这滟滪堆，是江口一块孤石，亭亭独立，夏即浸没，冬即露出。

因水满石没之时，舟人取途不定，故又名犹豫堆。俗谚云：

犹豫大如象，瞿塘不可上。

犹豫大如马，瞿塘不可下。

东坡在重阳后起身，此时尚在秋后冬前。又其年是闰八月，迟了一个月的节气，所以水势还大。上水时，舟行甚迟，下水时却甚快。东坡来时正怕迟慢，所以舍舟从陆。回时乘着水势，一泻千里，好不顺溜。东坡看见那峭壁千寻，沸波一线，想要做一篇《三峡赋》，结构不就。因连日鞍马困倦，凭几构思，不觉睡去，不曾分付得水手打水。及至醒来问时，已是下峡，过了中峡了。东坡分付："我要取中峡之水，快与我拨转船头。"水手禀道："老爷，三峡相连，水如瀑布，船如箭发。若回船便是逆水，日行数里，用力甚难。"东坡沉吟半晌，问："此地可以泊船，有居民否？"水手禀道："上二峡悬崖峭壁，船不能停。到归峡，山水之势渐平，崖上不多路，就有市井街道。"

东坡叫泊了船，分付苍头："你上崖去看有年长知事的居民，唤一个上来，不要声张惊动了他。"苍头领命。登崖不多时，带一个老人上船，口称居民叩头。东坡以美言抚慰："我是过往客官，与你居民没有统属，要问你一句话。那瞿塘三峡，那一峡的水好？"老者道："三峡相连，并无阻隔。上峡流于中峡，中峡流于下峡，昼夜不断。一般样水，难分好歹。"东坡暗想道："荆公胶柱鼓瑟。三峡相连，一般样水，何必定要中峡？"叫手下给官价与百姓买个干净磁瓮，自己立于船头，看水手将下峡水满满的汲了一瓮，用柔皮纸封固，亲手佥押。

即刻开船，直至黄州，拜了马太守。夜间草成贺冬表，送去府中。马太守读了表文，深赞苏君大才。赍表官就佥⑤了苏轼名讳，择了吉日，与东坡饯行。

东坡赍了表文，带了一瓮蜀水，星夜来到东京，仍投大相国寺内。天色还早，命手下抬了水瓮，乘马到相府来见荆公。荆公正当闲坐，闻门上通报："黄州团练使苏爷求见。"荆公笑道："已经一载矣！"分付守门官："缓着些出去，引他东书房相见。"守门官领命。荆公先到书房，见柱上所贴诗稿，经年尘埃迷目。亲手于鹊尾瓶中取拂尘，将尘拂去，俨然如旧。荆公端坐于书房。却说守门官延捱了半晌，方请苏爷。东坡听说东书房相见，想起改诗的去处，面上赧然。勉强进府，到书房见了荆公下拜。荆公用手相扶道："不在大堂相见，惟思远路风霜，休得过礼。"命童儿看坐。东坡坐下，偷看诗稿，贴于对面。荆公用拂尘往左一指道："子瞻，可见光阴迅速，去岁作此诗，又经一载矣！"东坡起身拜伏于地，荆公用手扶住道："子赡为何？"东坡道："晚学生甘罪了！"荆公道："你见了黄州菊花落瓣么？"东坡道："是。"荆公道："目中未见此一种，也怪不得子瞻！"东坡道："晚学生才疏识浅，全仗老太师海涵。"

茶罢，荆公问道："老夫烦足下带瞿塘中峡水，可有么？"东坡道："见携府外。"荆公命堂候官两员，将水瓮抬进书房。荆公亲以衣袖拂拭，纸封打开。命童儿茶灶中煨火，用银铫[6]汲水烹之。先取白定碗一只，投阳羡茶一撮于内。候汤如蟹眼，急取起倾入，其茶色半晌方见。荆公问："此水何处取来？"东坡道："巫峡。"荆公道："是中峡了。"东坡道："正是。"荆公笑道："又来欺老夫了！此乃下峡之水，如何假名中峡？"东坡大惊，述土人之言"三峡相连，一般样水"，"晚学生误听了，实是取下峡之水！老太师何以辨之？"荆公道："读书人不可轻举妄动，须是细心察理。老夫若非亲到黄州，看过菊花，怎么诗中敢乱道黄花落瓣？这瞿塘水性，出于《水经补注》。上峡水性太急，下峡太缓，惟中峡缓急相半。太医院官乃明医，知老夫乃中脘[⑦]变症，故用中峡水引经。此水烹阳羡茶，上峡味浓，下峡味淡，中峡浓淡之间。今见茶色半晌方见，故知是下峡。”东坡离席谢罪。

荆公道：“何罪之有！皆因子瞻过于聪明，以致疏略如此。老夫今日偶然无事，幸子瞻光顾。一向相处，尚不知子瞻学问真正如何。老夫不自揣量，要考子瞻一考。”东坡欣然答道：“晚学生请题。”荆公道：“且住！老夫若遽然考你，只说老夫恃了一日之长。子瞻到先考老夫一考，然后老夫请教。”东坡鞠躬道：“晚学生怎么敢？”荆公道：“子瞻既不肯考老夫，老夫却不好僭妄。也罢，叫徐伦把书房中书橱尽数与我开了。左右二十四橱，书皆积满。但凭于左右橱内上中下三层，取书一册，不拘前后，念上文一句，老夫答下句不来，就算老夫无学。”东坡暗想道：“这老甚迂阔，难道这些书都记在腹内？虽然如此，不好去考他。”答应道：“这个晚学生不敢！”荆公道：“咳！道不得个‘恭敬不如从命’了！”东坡使乖，只拣尘灰多处，料久不看，也忘记了，任意抽书一本，未见签题，揭开居中，随口念一句道：“如意君安乐否？”

荆公接口道：“‘窃已啖之矣。’可是？”东坡道：“正是。”荆公取过书来，问道：“这句书怎么讲？”东坡不曾看得书上详细，暗想：“唐人讥则天后，曾称薛敖曹为如意君。或者差人问候，曾有此言。只是下文说‘窃已啖之矣’，文理却接上面不来。”沉吟了一会，又想道：“不要惹这老头儿。千虚不如一实。”答应道：“晚学生不知。”荆公道：“这也不是什么秘书，如何就不晓得？这是一桩小故事。汉末灵帝时，长沙郡武冈山后有一狐穴，深入数丈。内有九尾狐狸二头，日久年深，皆能变化。时常化作美妇人，遇着男子往来，诱入穴中行乐。小不如意，分而食之。后有一人姓刘名玺，善于采战之术。入山采药，被二妖所掳。夜晚求欢，刘玺用抽添火候工夫，枕席之间，二狐快乐，称为如意君。大狐出山打食，则小狐看守。小狐出山，则大狐亦如之。日就月将，并无忌惮。酒后，露其本形。刘玺有恐怖之心，精力衰倦。一日，大狐出山打食，小狐在穴，求其云雨，不果其欲。小狐大怒，生啖刘玺于腹内。大狐回穴，心记刘生，问道：'如意君安乐否？'小狐答道：'窃已啖之矣。'二狐相争追逐，满山喊叫。樵人窃听，遂得其详，记于《汉末全书》。子瞻想未涉猎？"东坡道："老太师学问渊深，非晚辈浅学可及！"

荆公微笑道："这也算考过老夫了。老夫还席，也要考子瞻一考。子瞻休得吝教！"东坡道："求老太师命题平易。"荆公道："考别件事，又道老夫作难。久闻子瞻善于作对，今年闰了个八月，正月立春，十二月又是立春，是个两头春。老夫就将此为题，出句求对，以观子赡妙才。"命童儿取纸笔过来。荆公写出一对道：

一岁二春双八月，人间两度春秋。

东坡虽是妙才，这对出得跷蹊，一时寻对不出，羞颜可掬，面皮通红了。荆公问道："子瞻从湖州至黄州，可从苏州、润州经过么？"东坡道："此是便道。"荆公道："苏州金阊[8]门外，至于虎丘，这一带路，叫做山塘，约有七里之遥，其半路名为半塘。润州古名铁瓮城，临于大江，有金山、银山、玉山，这叫做三山。俱有佛殿僧房，想子瞻都曾游览？"东坡答应道："是。"荆公道："老夫再将苏润二州，各出一对，求子瞻对之。苏州对云：'七里山塘，行到半塘三里半。'润州对云：'铁瓮城西，金、玉、银山三宝地。'"东坡思想多时，不能成对，只得谢罪而出。荆公晓得东坡受了些腌臜[9]，终惜其才。明日奏过神宗天子，复了他翰林学士之职。

后人评这篇话道：以东坡天才，尚然三被荆公所屈。何况才不如东坡者！因作诗戒世云：

项托曾为孔子师，荆公反把子瞻嗤。
为人第一谦虚好，学问茫茫无尽期。

【注释】

①斛：音胡，中国旧量器名，亦是容量单位，一斛本为十斗，后来改为五斗。②攦：音立，又读喜。③摺：音辄。④慥：音造。⑤佥：音千。⑥铫：音吊。⑦脘：音碗，胃的内部。⑧阊：音昌。⑨腌臜：音阿（阴平）匝（轻声），别扭，不痛快。

吕大郎还金完骨肉

毛宝放龟悬大印，宋郊渡蚁占高魁。
世人尽说天高远，谁识阴功暗里来。

话说浙江嘉兴府长水塘地方，有一富翁，姓金名钟，家财万贯，世代都称员外，性至悭吝。平生常有五恨，那五恨？一恨天，二恨地，三恨自家，四恨爹娘，五恨皇帝。恨天者，恨他不常常六月，又多了秋风冬雪，使人怕冷，不免费钱买衣服来穿。恨地者，恨他树木生得不凑趣，若是凑趣，生得齐整如意，树木就好做屋柱，枝条大者，就好做梁，细者就好做椽，却不省了匠人工作？恨自家者，恨肚皮不会作家，一日不吃饭，就饿将起来。恨爹娘者，恨他遗下许多亲眷朋友，来时未免费茶费水。恨皇帝者，我的祖宗分授的田地，却要他来收钱粮。不止五恨，还有四愿，愿得四般物事。那四般物事？一愿得邓家铜山，二愿得郭家金穴，三愿得石崇的聚宝盆，四愿得吕纯阳祖师点石为金这个手指头。因有这四愿、五恨，心常不足。积财聚谷，日不暇给。真个是数米而炊，称柴而爨[1]。因此乡里起他一个异名，叫做金冷水，又叫金剥皮。尤不喜者是僧人。世间只有僧人讨便宜，他单会布施俗家的东西，再没有反布施与俗家之理。所以金冷水见了僧人，就是眼中之钉，舌中之刺。

他住居相近处，有个福善庵。金员外生年五十，从不晓得在庵中破费一文的香钱。所喜浑家单氏，与员外同年同月同日，只不同时，他偏吃斋好善。金员外喜他的是吃斋，恼他的是好善。因四十岁上，尚无子息，单氏瞒过了丈夫，将自己钗梳二十余金，布施与福善庵老僧，教他妆佛诵经，祈求子嗣。佛门有应，果然连生二子，且是俊秀。因是福善庵祈求来的，大的小名福儿，小的小名善儿。单氏自得了二子之后，时常瞒了大夫，偷柴偷米，送与福善庵，供养那老僧。金员外偶然察听了些风声，便去咒天骂地，夫妻反目，直聒得一个不耐烦方休。如此也非止一次。只为浑家也是个硬性，闹过了，依旧不理。

其年夫妻齐寿，皆当五旬，福儿年九岁，善儿年八岁，踏肩[②]生下来的，都已上学读书，十全之美。到生辰之日，金员外恐有亲朋来贺寿，预先躲出。单氏又凑些私房银两，送与庵中打一坛斋醮。一来为老夫妇齐寿，二来为儿子长大，了还愿心。日前也曾与大夫说过来，丈夫不肯，所以只得私房做事。其夜，和尚们要铺设长生佛灯，叫香火道人至金家，问金阿妈要几斗糙米。单氏偷开了仓门，将米三斗，付与道人去了。随后金员外回来，单氏还在仓门口封锁，被丈夫窥见了，又见地下狼藉些米粒，知是私房做事。欲要争嚷，心下想道："今日生辰好日，况且东西去了，也讨不转来，干拌去了涎沫。"只推不知，忍住这口气。一夜不睡，左思右想道："叵耐这贼秃常时来蒿恼[③]我家，到是我看家的一个耗鬼。除非那秃驴死了，方绝其患。"恨无计策。

到天明时，老僧携着一个徒弟来回覆醮事。原来那和尚也怕见金冷水，且站在门外张望。金老早已瞧见，眉头一皱，计上心来。取了几文钱，从侧门走出市心，到山药铺里赎些砒霜。转到卖点心的王三郎店里，王三郎正蒸着一笼熟粉，摆一碗糖馅，要做饼子。金冷水袖里摸出八文钱撇在柜上道："三郎收了钱，大些的饼子与我做四个，馅却不要下少了。你只捏着窝儿，等我自家下馅则个。"王三郎口虽不言，心下想道："有名的金冷水、金剥皮，自从开这几年点心铺子，从不见他家半文之面。今日好利市，也撰他八个钱。他是好便宜的，便等他多下些馅去，扳他下次主顾。"王三郎向笼中取出雪团样的熟粉，真个捏做窝儿，递与金冷水说道："员外请尊便。"金冷水却将砒霜末悄悄的撒在饼内，然后加馅，做成饼子。如此一连做了四个，热烘烘的放在袖里。离了王三郎店，望自家门首踱将进来。那两个和尚，正在厅中吃茶，金老欣然相揖。揖罢，入内对浑家道："两个师父侵早到来，恐怕肚里饥饿。适才邻舍家邀我吃点心，我见饼子热得好，袖了他四个来，何不就请了两个师父？"单氏深喜大夫回心向善，取个朱红碟子，把四个饼子装做一碟，叫丫鬟托将出去。那和尚见了员外回家，不敢久坐，已无心吃饼了。见丫鬟送出来，知是阿妈美意，也不好虚得。将四个饼子装做一袖，叫声聒噪，出门回庵而去。金老暗暗欢喜，不在话下。

却说金家两个学生，在社学中读书，放了学时，常到庵中顽耍。这一晚，又到庵中。老和尚想道："金家两位小官人，时常到此，没有什么请得他。今早金阿妈送我四个饼子还不曾动，放在橱柜里。何不将来熯[④]热了，请他吃一杯茶？"当下分付徒弟，在橱柜里取出四个饼子，厨房下熯得焦黄，热了两杯浓茶，摆在房里，请两位小官人吃茶。两个学生顽耍了半晌，正在肚饥，见了热腾腾的饼子，一人两个，都吃了。不吃时犹可，吃了呵，分明是：

一块火烧着心肝，万杆枪攒却腹肚。

两个一时齐叫肚疼。跟随的学童慌了，要扶他回去。奈两个疼做一堆，跑走不动。老和尚也着了忙，正不知什么意故。只得叫徒弟一人背了一个，学童随着，送回金员外家，二僧自去了。金家夫妇这一惊非小，慌忙叫学童问其缘故。学童道："方才到福善庵吃了四个饼子，便叫肚疼起来。那老师父说，这饼子原是我家今早把与他吃的。他不舍得吃，将来恭敬两位小官人。"金员外情知跷蹊了，只得将砒霜实情对阿妈说知。单氏心下越慌了，便把凉水灌他，如何灌得醒！须臾七窍流血，呜呼哀哉，做了一对殇鬼。

单氏千难万难，祈求下两个孩儿，却被丈夫不仁，自家毒死了。待要厮骂一场，也是枉然。气又忍不过，苦又熬不过。走进内房，解个束腰罗帕，悬梁自缢。金员外哭了儿子一场，方才收泪。到房中与阿妈商议说话，见梁上这件打秋千的东西，唬得半死。登时就得病上床，不勾七日，也死了。金氏族家，平昔恨那金冷水、金剥皮悭吝，此时大赐其便，大大小小，都蜂拥而来，将家私抢个罄尽。此乃万贯家财、有名的金员外一个终身结果，不好善而行恶之报也。有诗为证：

饼内砒霜那得知？害人番害自家儿。

举心动念天知道，果报昭彰岂有私！

方才说金员外只为行恶上，拆散了一家骨肉。如今再说一个人，单为行善，周全了一家骨肉。正是：

善恶相形，祸福自见。

戒人作恶，劝人为善。

话说江南常州府无锡县东门外，有个小户人家，兄弟三人。大的叫做吕玉，第二的叫做吕宝，第三的叫做吕珍。吕玉娶妻王氏，吕宝娶妻杨氏，俱有姿色。吕珍年幼未娶。王氏生下一个孩子，小名喜儿，方才六岁，跟邻舍家儿童出去看神会，夜晚不回。夫妻两个烦恼，出了一张招子，街坊上叫了数日，全无影响。吕玉气闷，在家里坐不过，向大户家借了几两本钱，往太仓、嘉定一路，收些棉花布匹，各处贩卖，就便访问儿子消息。每年正二月出门，到八九月回家，又收新货，走了四个年头，虽然趁些利息，眼见得儿子没有寻处了。日久心慢，也不在话下。

到第五个年头，吕玉别了王氏，又去做经纪。何期中途遇了个大本钱的布商，谈论之间，知道吕玉买卖中通透，拉他同往山西脱货，就带绒货转来发卖，于中有些用钱相谢。吕玉贪了蝇头微利，随着去了。及至到了山西，发货之后，遇着连岁荒歉，讨赊帐不起，不得脱身。吕玉少年久旷，也不免行户中走了一两遍，走出一身风流疮，服药调治，无面回家。挨到三年，疮才痊好，讨清了帐目。那布商因为稽迟[5]了吕玉的归期，加倍酬谢。吕玉得了些利物，等不得布商收货完备，自己贩了些粗细绒褐，相别先回。

一日早晨，行至陈留地方，偶然去坑厕出恭，见坑板上遗下个青布搭膊[6]。检在手中，觉得沉重。取回下处打开看时，都是白物[7]，约有二百金之数。吕玉想道："这不意之财，虽则取之无碍，倘或失主追寻下见，好大一场气闷。古人见金不取，拾带重还。我今年过三旬，尚无子嗣，要这横财何用？"忙到坑厕左近伺候，只等有人来抓寻，就将原物还他。等了一日，不见人来。次日只得起身。

又行了五百余里，到南宿州地方。其日天晚，下一个客店，遇着一个同下的客人，闲论起江湖生意之事。那客人说起自不小心，五日前侵晨到陈留县解下搭膊登东[8]。偶然官府在街上过，心慌起身，却忘记了那搭膊，里面有二百两银子。直到夜里脱衣要睡，方才省得。想着过了一日，自然有人拾去了，转去寻觅，也是无益，只得自认晦气罢了。吕玉便问："老客尊姓？高居何处？"客人道："在下姓陈，祖贯徽州。今在扬州闸上开个粮食铺子。敢问老兄高姓？"吕玉道："小弟姓吕，是常州无锡县人，扬州也是顺路。相送尊兄到彼奉拜。"客人也不知详细，答应道："若肯下顾最好。"次早，二人作伴同行。

不一日，来到扬州闸口。吕玉也到陈家铺子，登堂作揖，陈朝奉看坐献茶。吕玉先提起陈留县失银子之事，盘问他搭膊模样。"是个深蓝青布的，一头有白线缉一个陈字。"吕玉心下晓然，便道："小弟前在陈留拾得一个搭膊，到也相像，把来与尊兄认看。"陈朝奉见了搭膊，道："正是。"搭膊里面银两，原封不动。吕玉双手递还陈朝奉。陈朝奉过意不去，要与吕玉均分，吕玉不肯。陈朝奉道："便下均分，也受我几两谢礼，等在下心安。"吕玉那里肯受。

陈朝奉感激不尽，慌忙摆饭相款。思想："难得吕玉这般好人，还金之恩，无门可报。自家有十二岁一个女儿，要与吕君扳一脉亲往来，第不知他有儿子否？"饮酒中间，陈朝奉问道："恩兄，令郎几岁了？"吕玉不觉掉下泪来，答道："小弟只有一儿，七年前为看神会，失去了，至今并无下落。荆妻亦别无生育。如今回去，意欲寻个螟蛉⑨之子，出去帮扶生理，只是难得这般凑巧的。"陈朝奉道："舍下数年之间，将三两银子，买得一个小厮，颇颇清秀，又且乖巧，也是下路人带来的。如今一十三岁了，伴着小儿在学堂中上学。恩兄若看得中意时，就送与恩兄伏侍，也当我一点薄敬。"吕玉道："若肯相借，当奉还身价。"陈朝奉道："说那里话来！只恐恩兄不用时，小弟无以为情。"当下便教掌店的，去学堂中唤喜儿到来。

吕玉听得名字与他儿子相同，心中疑惑。须臾，小厮唤到，穿一领芜湖青布的道袍，生得果然清秀。习惯了学堂中规矩，见了吕玉，朝上深深唱个喏[⑩]。吕玉心下便觉得欢喜，仔细认出儿子面貌来。四岁时，因跌损左边眉角，结一个小疤儿，有这点可认。吕玉便问道："几时到陈家的？"那小厮想一想道："有六七年了。"又问他："你原是那里人？谁卖你在此？"那小厮道："不十分详细。只记得爹叫做吕大，还有两个叔叔在家。娘姓王，家在无锡城外。小时被人骗出，卖在此间。"吕玉听罢，便抱那小厮在怀，叫声："亲儿！我正是无锡吕大！是你的亲爹了。失了你七年，何期在此相遇！"正是。

水底捞针针已得，掌中失宝宝重逢。

筵前相抱殷勤认，犹恐今朝是梦中。

小厮眼中流下泪来。吕玉伤感，自不必说。吕玉起身拜谢陈朝奉："小儿若非府上收留，今日安得父子重会？"陈朝奉道："恩兄有还金之盛德，天遣尊驾到寒舍，父子团圆。小弟一向不知是令郎，甚愧怠慢。"吕玉又叫喜儿拜谢了陈朝奉。陈朝奉定要还拜，吕玉不肯，再三扶住，受了两礼，便请喜儿坐于吕玉之傍。陈朝奉开言："承恩兄相爱，学生有一女年方十二岁，欲与令郎结丝萝[⑪]之好。"吕玉见他情意真恳，谦让不得，只得依允。是夜父子同榻而宿，说了一夜的说话。

次日，吕玉辞别要行。陈朝奉留住，另设个大席面，管待新亲家、新女婿，就当送行。酒行数巡，陈朝奉取出白金二十两，向吕五说道："贤婿一向在舍有慢，今奉些须薄礼相赎，权表亲情，万勿固辞。"吕玉道："过承高门俯就，舍下就该行聘定之礼。因在客途，不好苟且，如何反费亲家厚赐？决不敢当！"陈朝奉道："这是学生自送与贤婿的，不干亲翁之事。亲翁若见却，就是不允这头亲事了。"吕玉没得说，只得受了，叫儿子出席拜谢。陈朝奉扶起道："些微薄礼，何谢之有。”喜儿又进去谢了丈母。当日开怀畅饮，至晚而散。吕玉想道：“我因这还金之便，父子相逢，诚乃无意。又攀了这头好亲事，似锦上添花。无处报答天地。有陈亲家送这二十两银子，也是不意之财，何不择个洁净僧院，籴[12]米斋僧，以种福田？”主意定了。

次早，陈朝奉又备早饭。吕玉父子吃罢，收拾行囊，作谢而别，唤了一只小船，摇出闸外。约有数里，只听得江边鼎沸。原来坏了一只人载船，落水的号呼求救。崖上人招呼小船打捞，小船索要赏犒，在那里争嚷。吕玉想道：“救人一命，胜造七级浮屠。比如我要去斋僧，何不舍这二十两银子做赏钱，教他捞救，见在功德。”当下对众人说：“我出赏钱，快捞救。若救起一船人性命，把二十两银子与你们。”众人听得有二十两银子赏钱，小船如蚁而来。连崖上人，也有几个会水性的，赴水去救。须臾之间，把一船人都救起。吕玉将银子付与众人分散。水中得命的，都千恩万谢。只见内中一人，看了吕玉叫道：“哥哥那里来？”吕玉看他，不是别人，正是第三个亲弟吕珍。吕玉合掌道：“惭愧，惭愧！天遣我捞救兄弟一命。”忙扶上船，将干衣服与他换了。吕珍纳头[13]便拜，吕玉答礼，就叫侄儿见了叔叔。把还金遇子之事，述了一遍，吕珍惊讶不已。

吕玉问道：“你却为何到此？”吕珍道：“一言难尽。自从哥哥出门之后，一去三年。有人传说哥哥在山西害了疮毒身故。二哥察访得实，嫂嫂已是成服戴孝，兄弟只是不信。二哥近日又要逼嫂嫂嫁人，嫂嫂不从。因此教兄弟亲到山西访问哥哥消息，不期于此相会。又遭覆溺，得哥哥捞救，天与之幸！哥哥不可怠缓，急急回家，以安嫂嫂之心。迟则怕有变了。”吕玉闻说惊慌，急叫家长开船，星夜赶路。正是：

心忙似箭惟嫌缓，船走如梭尚道迟。

再说王氏闻丈夫凶信，初时也疑惑。被吕宝说得活龙活现，也信了，少不得换了些素服。吕宝心怀不善，想着哥哥已故，嫂嫂又无所出，况且年纪后生，要劝他改嫁，自己得些财礼。教浑家杨氏与阿姆说，王氏坚意不从。又得吕珍朝夕谏阻，所以其计不成。王氏想道：“‘千闻不如一见。’虽说丈夫已死，在几千里之外，不知端的。”央小叔吕珍是必亲到山西，问个备细：“如果然不幸，骨殖也带一块回来。”

吕珍去后，吕宝愈无忌惮，又连日赌钱输了，没处设法。偶有江西客人丧偶，要讨一个娘子，吕宝就将嫂嫂与他说合。那客人也访得吕大的浑家有几分颜色，情愿出三十两银子。吕宝得了银子，向客人道：“家嫂有些妆乔[14]，好好里请他出门，定然不肯。今夜黄昏时分，唤了人轿，悄地到我家来。只看戴孝髻的，便是家嫂，更不须言语，扶他上轿，连夜开船去便了。”客人依计而行。

却说吕宝回家，恐怕嫂嫂不从，在他眼前不露一字。却私下对浑家做个手势道，“那两脚货[15]，今夜要出脱与江西客人去了。我生怕他哭哭啼啼，先躲出去。黄昏时候，你劝他上轿，日里且莫对他说。”吕宝自去了，却不曾说明孝髻的事。原来杨氏与王氏妯娌最睦，心中不忍，一时丈夫做主，没奈他何。欲言不言，直挨到酉牌时分[16]，只得与王氏透个消息：“我丈夫已将姆姆嫁与江西客人，少停，客人就来取亲，教我莫说。我与姆姆情厚，不好瞒得。你房中有甚细软家私，预先收拾，打个包裹，省得一时忙乱。”王氏啼哭起来，叫天叫地起来。杨氏道：“不是奴苦劝姆姆。后生家孤孀，终久不了。吊桶已落在井里，也是一缘一会，哭也没用！”王氏道：“婶婶说那里话！我丈夫虽说已死，不曾亲见。且待三叔回来，定有个真信。如今逼得我好苦！”说罢又哭。杨氏左劝右劝，王氏住了哭说道：“婶婶，既要我嫁人，罢了，怎好戴孝髻出门，婶婶寻一顶黑髻与奴换了。”杨氏又要忠丈夫之托，又要姆姆面上讨好，连忙去寻黑髻来换。也是天数当然，旧髻儿也寻不出一顶。王氏道：“婶婶，你是在家的，暂时换你头上的髻儿与我。明早你教叔叔铺里取一顶来换了就是。”杨氏道：“使得。”便除下髻来递与姆姆。王氏将自己孝髻除下，换与杨氏戴了。王氏又换了一身色服。黄昏过后，江西客人引着灯笼火把，抬着一顶花花轿，吹手虽有一副，不敢吹打。如风似雨，飞奔吕家来。吕宝已自与了他暗号，众人推开大门，只认戴孝髻的就抢。杨氏嚷道：“不是！”众人那里管三七二十一，抢上轿时，鼓手吹打，轿夫飞也似抬去了。

一派笙歌上客船，错疑孝髻是姻缘。

新人若向新郎诉，只怨亲夫不怨天。

王氏暗暗叫谢天谢地。关了大门，自去安歇。次日天明，吕宝意气扬扬，敲门进来。看见是嫂嫂开门，吃了一惊，房中不见了浑家。见嫂子头上戴的是黑髻，心中大疑。问道：“嫂嫂，你婶子那里去了？”王氏暗暗好笑，答道：“昨夜被江西蛮子抢去了。”吕宝道：“那有这话！且问嫂嫂如何不戴孝髻？”王氏将换髻的缘故，述了一遍。吕宝捶胸，只是叫苦。指望卖嫂子，谁知到卖了老婆！江西客人已是开船去了。三十两银子，昨晚一夜就赌输了一大半，再要娶这房媳妇子，今生休想。复又思量，一不做，二不休，有心是这等，再寻个主顾把嫂子卖了，还有讨老婆的本钱。方欲出门，只见门外四五个人，一拥进来。不是别人，却是哥哥吕玉、兄弟吕珍、侄子喜儿，与两个脚家[17]，驮了行李货物进门。吕宝自觉无颜，后门逃出，不知去向。

王氏接了丈夫，又见儿子长大回家，问其缘故。吕玉从头至尾，叙了一遍。王氏也把江西人抢去婶婶，吕宝无颜，后门走了一段情节叙出。吕玉道：“我若贪了这二百两非意之财，怎勾父子相见？若惜了那二十两银子，不去捞救覆舟之人，怎能勾兄弟相逢？若不遇兄弟时，怎知家中信息？今日夫妻重会，一家骨肉团圆，皆天使之然也。逆弟卖妻，也是自作自受。皇天报应，的然不爽！”自此益修善行，家道日隆，后来喜儿与陈员外之女做亲，子孙繁衍，多有出仕贵显者。诗云：

本意还金兼得子，立心卖嫂反输妻。
世间惟有天工巧，善恶分明不可欺。

【注释】

①爨：音窜，烧火做饭。②踏肩：挨肩，谓接连。③蒿恼：犹打扰，麻烦。④熯：音汉，焙。⑤稽迟：迟延，滞留。⑥搭膊：一种长方形的布袋，中间开口，两端可盛钱物，系在衣外作腰巾，亦可肩负或手提。⑦白物：银子的隐语。⑧登东：解大手。旧时建筑，厕所多在屋子东角，故称东圊（音青），简称东。因此旧时有登东、登了个东等语表示如厕等意。⑨螟蛉：喻义子。⑩喏：音惹。唱喏，一面作揖，一面出声致敬。⑪丝萝：菟（音兔）丝、女萝均为蔓生，缠绕于草木，不易分开，故诗文中常用丝萝喻婚姻。⑫籴：音迪，买入。⑬纳头：低头。⑭妆乔：装腔，做作。⑮两脚货：对人的蔑称。古时人口贩子将妇女、小孩视为买卖的物件，故称人为“两脚货”。⑯酉牌时分：即酉时，下午五时至七时。⑰脚家：脚夫。

李谪仙醉草吓蛮书

堪羡当年李谪仙，吟诗斗酒有连篇。
蟠胸锦绣欺时彦，落笔风云迈古贤。
书草和番威远塞，词歌倾国媚新弦。
莫言才干风流尽，明月长悬采石边。

话说唐玄宗皇帝朝，有个才子，姓李，名白，字太白。乃西梁武昭兴圣皇帝李暠[①]九世孙，西川锦州人也。其母梦长庚入怀而生，那长庚星又名太白星，所以名字俱用之。那李白生得姿容美秀，骨格清奇，有飘然出世之表。十岁时，便精通书史，出口成章。人都夸他锦心绣口，又说他是神仙降生，以此又呼为李谪仙。有杜工部赠诗为证：

昔年有狂客，号尔谪仙人。
笔落惊风雨，诗成泣鬼神！
声名从此大，汩没一朝伸。
文采承殊渥，流传必绝伦。

李白又自称青莲居士。一生好酒，不求仕进，志欲遨游四海，看尽天下名山，尝遍天下美酒。先登峨眉，次居云梦，复隐于徂徕[②]山竹溪，与孔巢父等六人，日夕酣饮，号为竹溪六逸。有人说湖州乌程酒甚佳，白不远千里而往，到酒肆中，开怀畅饮，旁若无人。时有迦叶司马经过，闻白狂歌之声，遣从者问其何人。白随口答诗四句：

青莲居士谪仙人，酒肆逃名三十春。
湖州司马何须问，金粟如来是后身。

迦叶司马大惊，问道："莫非蜀中李谪仙么？闻名久矣。"遂请相见，留饮十日，厚有所赠。临别，问道："以青莲高才，取青紫如拾芥，何不游长安应举？"李白道："目今朝政紊乱，公道全无，请托者登高第，纳贿者获科名。非此二者，虽有孔、孟之贤，晁、董之才，无由自达。白所以流连诗酒，免受盲试官之气耳。"迦叶司马道："虽则如此，足下谁人不知？一到长安，必有人荐拔。"

李白从其言，乃游长安。一日到紫极宫游玩，遇了翰林学士贺知章，通姓道名，彼此相慕。知章遂邀李白于酒肆中，解下金貂，当酒同饮。至夜不舍，遂留李白于家中下榻，结为兄弟。次日，李白将行李搬至贺内翰宅，每日谈诗饮酒，宾主甚是相得。

时光荏苒，不觉试期已迫。贺内翰道："今春南省试官，正是杨贵妃兄杨国忠大师，监视官乃太尉高力士，二人都是受财之人。贤弟却无金银买嘱他，便有冲天学问，见不得圣天子。此二人与下官皆有相识，下官写一封札子去，预先嘱托，或者看薄面一二。"李白虽则才大气高，遇了这等时势，况且内翰高情，下好违阻，贺内翰写了柬帖，投与杨太师、高力士。二人接开看了，冷笑道："贺内翰受了李白金银，却写封空书在我这里讨白人情。到那日专记，如有李白名字卷子，不问好歹，即时批落。"

时值三月三日，大开南省，会天下才人，尽呈卷子。李白才思有余，一笔挥就，第一个交卷。杨国忠见卷子上有李白名字，也不看文字，乱笔涂抹道："这样书生，只好与我磨墨。"高力士道："磨墨也不中，只好与我着袜脱靴。"喝令将李白推抢出去。正是：

不愿文章中天下，只愿文章中试官！

李白被试官屈批卷子，怨气冲天，回至内翰宅中，立誓："久后吾若得志，定教杨国忠磨墨，高力士与我脱靴，方才满愿。"贺内翰劝白："且休烦恼，权在舍下安歇。待三年，再开试场，别换试官，必然登第。"终日共李白饮酒赋诗。

日往月来，不觉一载。忽一日，有番使赍国书到。朝廷差使命急宣贺内翰陪接番使，在馆驿安下。次日阁门舍人接得番使国书一道。玄宗敕宣翰林学士，拆开番书，全然不识一字，拜伏金阶启奏："此书皆是鸟兽之迹，臣等学识浅短，不识一字。"天子闻奏，将与南省试官杨国忠开读。杨国忠开看，双目如盲，亦不晓得。天子宣问满朝文武，并无一人晓得，不知书上有何吉凶言语。龙颜大怒，喝骂朝臣："枉有许多文武，并无一个饱学之士与朕分忧。此书识不得，将何回答发落番使，却被番邦笑耻，欺侮南朝，必动干戈，来侵边界，如之奈何！敕限三日，若无人识此番书，一概停俸；六日无人，一概停职；九日无人，一概问罪。别选贤良，并扶社稷。”圣旨一出，诸官默默无言，再无一人敢奏。天子转添烦恼。

贺内翰朝散回家，将此事述于李白。白微微冷笑：“可惜我李某去年不曾及第为官，不得与天子分忧。”贺内翰大惊道：“想必贤弟博学多能，辨识番书，下官当于驾前保奏。”次日，贺知章入朝，越班[③]奏道：“臣启陛下，臣家有一秀才，姓李名白，博学多能。要辨番书，非此人不可。”天子准奏，即遣使命，赍诏前去内翰宅中，宣取李白。李白告天使道：“臣乃远方布衣，无才无识，今朝中有许多官僚，都是饱学之儒，何必问及草莽？臣不敢奉诏，恐得罪于朝贵。”说这句“恐得罪于朝贵”，隐隐刺着杨、高二人，使命回奏。天子初问贺知章：“李白不肯奉诏，其意云何？”知章奏道：“臣知李白文章盖世，学问惊人。只为去年试场中，被试官屈批了卷子，羞抢出门，今日教他白衣入朝，有愧于心。乞陛下赐以恩典，遣一位大臣再往，必然奉诏。”玄宗道：“依卿所奏。钦赐李白进士及第，着紫袍金带，纱帽象简见驾。就烦卿自往迎取，卿不可辞！”

贺知章领旨回家，请李白开读，备述天子惓惓[④]求贤之意。李白穿了御赐袍服，望阙拜谢，遂骑马随贺内翰入朝，玄宗于御座专待李白。李白至金阶拜舞，山呼谢恩，躬身而立。天子一见李白，如贫得宝，如暗得灯，如饥得食，如旱得云。开金口，动玉音，道：“今有番国赍书，无人能晓，特宣卿至，为朕分忧。”白躬身奏道：“臣因学浅，被大师批卷不中，高太尉将臣推抢出门。今有番书，何不令试官回答，却乃久滞番官在此？臣是批黜秀才，不能称试官之意，怎能称皇上之意？”天子道：“朕自知卿，卿其勿辞！”遂命侍臣捧番书赐李白观看。李白看了一遍，微微冷笑，对御座前将唐音译出，宣读如流。番书云：

渤海国大可毒书达唐朝官家。自你占了高丽，与俺国逼近，边兵屡屡侵犯吾界，想出自官家之意。俺如今不可耐者，差官来讲，可将高丽一百七十六城，让与俺国，俺有好物事相送。太白山之菟，南海之昆布[5]，栅城之豉，扶馀之鹿，鄚[6]颉之豕[7]，率宾之马，沃州之绵，湄沱河之鲫，九都之李，乐游之梨，你官家都有分。若还不肯，俺起兵来厮杀，且看那家胜败！

众官听得读罢番书，不觉失惊，面面相觑，尽称“难得”。天子听了番书，龙情不悦。沉吟良久，方问两班文武：“今被番家要兴兵抢占高丽，有何策可以应敌？”两班文武，如泥塑木雕，无人敢应。贺知章启奏道：“自太宗皇帝三征高丽，不知杀了多少生灵，不能取胜，府库为之虚耗。天幸盖苏文死了，其子男生兄弟争权，为我向导。高宗皇帝遣老将李勣[8]、薛仁贵统百万雄兵，大小百战，方才殄[9]灭。今承平日久，无将无兵，倘干戈复动，难保必胜。兵连祸结，不知何时而止？愿吾皇圣鉴！”天子道：“似此如何回答他？”知章道：“陛下试问李白，必然善于辞命。”天子乃召白问之。李白奏道：“臣启陛下，此事不劳圣虑，来日宣番使入朝，臣当面回答番书，与他一般字迹，书中言语，羞辱番家，须要番国可毒拱手来降。”天子问：“可毒何人也？”李白奏道：”渤海风俗，称其王曰可毒。犹回纥[10]称可汗，吐番称赞普，六诏称诏，诃[11]陵称悉莫威，各从其俗。”天子见其应对不穷，圣心大悦，即日拜为翰林学士。遂设宴于金銮殿，宫商迭奏，琴瑟喧阗[12]，嫔妃进酒，彩女[13]传杯。御音传示：“李卿，可开怀畅饮，休拘礼法。”李白尽量而饮，不觉酒浓身软。天子令内官扶于殿侧安寝。

次日五鼓，天子升殿。

净鞭三下响，文武两班齐。

李白宿酲犹未醒，内官催促进朝。百官朝见已毕，天子召李白上殿，见其面尚带酒容，两眼兀自有朦胧之意。天子分付内侍，教御厨中造三分醒酒酸鱼羹来。须臾，内侍将金盘捧到鱼羹一碗。天子见羹气太热，御手取牙箸调之良久，赐与李学士。李白跪而食之，顿觉爽快。是时百官见天子恩幸李白，且惊且喜，惊者怪其破格，喜者喜其得人。惟杨国忠、高力士怏然有不乐之色。

圣旨宣番使入朝，番使山呼见圣已毕。李白紫衣纱帽，飘飘然有神仙凌云之态，手捧番书立于左侧柱下，朗声而读，一字无差，番使大骇。李白道："小邦失礼，圣上洪度如天，置而不较。有诏批答，汝宜静听！"番官战战兢兢，跪于阶下。天子命设七宝床于御座之傍，取于阗白玉砚，象管兔毫笔，独草龙香墨，五色金花笺，排列停当。赐李白近御榻前，坐锦墩草诏。李白奏道："臣靴不净，有污前席，望皇上宽恩，赐臣脱靴结袜而登。"天子准奏，命一小内侍："与李学士脱靴。"李白又奏道："臣有一言，乞陛下赦臣狂妄，臣方敢奏。"天子道："任卿失言，朕亦不罪。"李白奏道："臣前入试春闱，被杨太师批落，高太尉赶逐，今日见二人押班，臣之神气不旺。乞玉音分付杨国忠与臣捧砚磨墨，高力士与臣脱靴结袜，臣意气始得自豪，举笔草诏，口代天言，方可不辱君命。"天子用人之际，恐拂其意，只得传旨，教"杨国忠捧砚，高力士脱靴"。二人心里暗暗自揣，前日科场中轻薄了他，"这样书生，只好与我磨墨脱靴。"今日恃了天子一时宠幸，就来还话，报复前仇。出于无奈，不敢违背圣旨，正是敢怒而不敢言。常言道：

冤家不可结，结了无休歇。

侮人还自侮，说人还自说。

李白此时昂昂得意，躧[14]袜登褥，坐于锦墩。杨国忠磨得墨浓，捧砚侍立。论来爵位不同，怎么李学士坐了，杨太师到侍立？因李白口代天言，天子宠以殊礼。杨太师奉旨磨墨，不曾赐坐，只得侍立。李白左手将须一拂，右手举起中山兔颖[15]，向五花笺上，手不停挥，须臾，草就吓蛮书。字画齐整，并无差落，献于龙案之上。天子看了大惊，都是照样番书，一字不识。传与百官看了，各各骇然。天子命李白诵之。李白就御座前朗诵一遍：

大唐开元皇帝，诏谕渤海可毒，自昔石卵不敌。蛇龙不斗。本朝应运开天，抚有四海，将勇卒精，甲坚兵锐。颉利背盟而被擒，弄赞铸鹅而纳誓；新罗奏织锦之颂，天竺致能言之鸟；波斯献捕鼠之蛇，拂菻[16]进曳马之狗；白鹦鹉来自诃陵，夜光珠贡于林邑；骨利干有名马之纳，泥婆罗有良酢之献。无非畏威怀德，买静求安。高丽拒命，天讨再加，传世九百，一朝殄灭，岂非逆天之咎征，衡大之明鉴与！况尔海外小邦，高丽附国，比之中国，不过一郡，士马刍粮[17]，万分不及。若螳怒是逞，鹅骄不逊，天兵一下，千里流血，君同颉利之俘，国为高丽之续。方今圣度汪洋，恕尔狂悖。急宜悔祸，勤修岁事，毋取诛戮，为四夷笑。尔其三思哉！故谕。

天子闻之大喜，再命李白对番官面宣一通，然后用宝入函。李白仍叫高太尉着靴，方才下殿，唤番官听诏。李白重读一遍，读得声韵铿锵，番使不敢则声，面如土色，不免山呼拜舞辞朝。贺内翰送出都门，番官私问道："适才读诏者何人？"内翰道："姓李名白，官拜翰林学士。"番使道："多大的官，使太师捧砚，太尉脱靴？"内翰道："太师大臣，太尉亲臣，不过人间之极贵。那李学士乃天上神仙下降，赞助天朝，更有何人可及！”番使点头而别，归至本国，与国王述之。国王看了国书，大惊，与国人商议，天朝有神仙赞助，如何敌得。写了降表，愿年年进贡，岁岁来朝。此是后话。

话分两头，却说天子深敬李白，欲重加官职。李白启奏：“臣不愿受职，愿得逍遥散诞，供奉御前，如汉东方朔故事。”天子道：“卿既不受职，朕所有黄金白璧，奇珍异宝，惟卿所好。”李白奏道：“臣亦不愿受金玉，愿得从陛下游幸，日饮美酒三千觞，足矣。”天子知李白清高，不忍相强。从此时时赐宴，留宿于金銮殿中，访以政事，恩幸日隆。

一日，李白乘马游长安街，忽听得锣鼓齐鸣，见一簇刀斧手，拥着一辆囚车行来。白停骖[18]问之，乃是并州解到失机将官，今押赴东市处斩。那囚车中，囚着个美丈夫，生得甚是英伟。叩其姓名，声如洪钟，答道：“姓郭名子仪。”李白相他容貌非凡，他日必为国家柱石，遂喝住刀斧手：“待我亲往驾前保奏。”众人知是李谪仙学士，御手调羹的，谁敢不依。李白当时回马，直叩宫门，求见天子，讨了一道赦敕，亲往东市开读，打开囚车，放出子仪，许他带罪立功。子仪拜谢李白活命之恩，异日衔环结草，不敢忘报。此事阁过不题。

是时，宫中最重木芍药，是扬州贡来的。如今叫做牡丹花，唐时谓之木芍药。宫中种得四本，开出四样颜色，那四样？大红，深紫，浅红，通白。玄宗天子移植于沉香亭前，与杨贵妃娘娘赏玩，诏梨园子弟奏乐。天子道：“对妃子，赏名花，新花安用旧曲？”遂命梨园长李龟年召李学士入宫。有内侍说道：“李学士往长安市上酒肆中去了。”龟年不往九街，不走三市，一径寻到长安市去。只听得一个大酒楼上，有人歌道：

三杯通大道，一斗合自然。

但得酒中趣，勿为醒者传。

李龟年道："这歌的不是李学士是谁？"大踏步上楼梯来，只见李白独占一个小小座头，桌上花瓶内供一枝碧桃花，独自对花而酌，已吃得酩酊大醉，手执巨觥，兀自不放。龟年上前道："圣上在沉香亭宣召学士，快去！"众酒客闻得有圣旨，一时惊骇，都站起来闲看。李白全然不理，张开醉眼，向龟年念一句陶渊明的诗，道是：

我醉欲眠君且去。

念了这句诗，就瞑然欲睡。李龟年也有三分主意，向楼窗往下一招，七八个从者，一齐上楼。不由分说，手忙脚乱，抬李学士到于门前，上了玉花骢[19]，众人左扶右持，龟年策马在后相随，直跑到五凤楼前。天子又遣内侍来催促了，敕赐"走马入宫"。龟年遂不扶李白下马，同内侍帮扶，直至后宫，过了兴庆池，来到沉香亭。

天子见李白在马上双眸紧闭，兀自未醒。命内侍铺紫氍毹[20]于亭侧，扶白下马少卧。亲往省视，见白口流涎沫，天子亲以龙袖拭之。贵妃奏道："妾闻冷水沃面，可以解醒[21]。"乃命内侍汲兴庆池水，使宫女含而喷之。白梦中惊醒，见御驾，大惊，俯伏道："臣该万死！臣乃酒中之仙，幸陛下恕臣！"天子御手搀起道："今日同妃子赏名花，不可无新词，所以召卿，可作《清平调》三章。"李龟年取金花笺授白。白带醉一挥，立成三首。

其一曰：

云想衣裳花想容，春风拂槛露华浓。

若非群玉山头见，会向瑶台月下逢。

其二曰：

一枝红艳露凝香，云雨巫山枉断肠。

借问汉宫谁得似？可怜飞燕倚新妆！

其三曰：

名花倾国两相欢，长得君王带笑看。
解释春风无限恨，沉香亭北倚栏杆。

天子览词，称美不已：“似此天才，岂不压倒翰林院许多学士。”即命龟年按调而歌，梨园众子弟丝竹并进，天子自吹玉笛以和之。歌毕，贵妃敛绣巾，再拜称谢。天子道：“莫谢朕，可谢学士也！”贵妃持玻璃七宝杯，亲酌西凉葡萄酒，命宫女赐李学士饮。天子敕赐李白遍游内苑，令内侍以美酒随后，恣其酣饮。自是宫中内宴，李白每每被召，连贵妃亦爱而重之。

高力士深恨脱靴之事，无可奈何。一日，贵妃重吟前所制《清平调》三首，倚栏叹羡。高力士见四下无人，乘间奏道：“奴婢初意娘娘闻李白此词，怨入骨髓，何反拳拳如是？”贵妃道：”有何可怨？”力士奏道：“‘可怜飞燕倚新妆’，那飞燕姓赵，乃西汉成帝之后。则今画图中，画着一个武士，手托金盘，盘中有一女子，举袖而舞，那个便是赵飞燕。生得腰肢细软，行步轻盈，若人手执花枝颤颤然，成帝宠幸无比。谁知飞燕私与燕赤凤相通，匿于复壁之中。成帝入宫，闻壁衣内有人咳嗽声，搜得赤凤杀之。欲废赵后，赖其妹合德力救而止，遂终身不入正宫。今日李白以飞燕比娘娘，此乃谤毁之语，娘娘何不熟思？”原来贵妃那时以胡人安禄山为养子，出入宫禁，与之私通，满宫皆知，只瞒得玄宗一人。高力士说飞燕一事，正刺其心。贵妃于是心下怀恨，每于天子前说李白轻狂使酒，无人臣之礼。天子见贵妃不乐李白，遂不召他内宴，亦不留宿殿中。李白情知被高力士中伤，天子有疏远之意，屡次告辞求去，天子不允。乃益纵酒自废，与贺知章、李适之、汝阳王琎[22]、崔宗之、苏晋、张旭、焦遂为酒友，时人呼为饮中八仙。

却说玄宗天子心下实是爱重李白，只为宫中不甚相得，所以疏了些儿。见李白屡次乞归，无心恋阙，乃向李白道："卿雅志高蹈，许卿暂还，不日再来相召。但卿有大功于朕，岂可白手还山？卿有所需，朕当上一一给与。"李白奏道："臣一无所需，但得杖头有钱，日沽一醉足矣。"天子乃赐金牌一面，牌上御书："敕赐李白为天下无忧学士，逍遥落托[23]秀才，逢坊吃酒，遇库支钱，府给千贯，县给五百贯。文武官员军民人等，有失敬者，以违诏论。"又赐黄金千两，锦袍玉带，金鞍龙马，从者二十人。白叩头谢恩。天子又赐金花二朵，御酒三杯。于驾前上马出朝，百官俱给假，携酒送行，自长安街直接到十里长亭，樽罍[24]不绝。只有杨太师、高太尉二人怀恨不送。内中惟贺内翰等酒友七人，直送至百里之外，流连三日而别。李白集中有《还山别金门知己诗》，略云：

恭承丹凤诏，欻起烟萝中。
一朝去金马，飘落成飞蓬。
闲来东武吟，曲尽情未终。
书此谢知己，扁舟寻钓翁。

李白锦衣纱帽，上马登程，一路只称锦衣公子。果然逢坊饮酒，遇库支钱。不一日，回至锦州，与许氏夫人相见。官府闻李学士回家，都来拜贺，无日不醉。日往月来，不觉半载。一日白对许氏说，要出外游玩山水。打扮做秀才模样，身边藏了御赐金牌，带一个小仆，骑一健驴，任意而行。府县酒资，照牌供给。

忽一日，行到华阴界上，听得人言华阴县知县贪财害民，李白生计，要去治他。来到县前，令小仆退去，独自倒骑着驴子，于县门首连打三回。那知县在厅上取问公事，观见了，连声："可恶，可恶！怎敢调戏父母官！"速令公吏人等拿至厅前取问。李白微微诈醉，连问不答。知县令狱卒押入牢中，待他酒醒，着他好生供状，来日决断。狱卒将李白领入牢中，见了狱官，掀髯[25]长笑。狱官道："想此人是风颠的？"李白道："也不风，也不颠。"狱官道："既不风颠，好生供状。你是何人？为何到此骑驴，搪突县主？"李白道："要我供状，取纸笔来。"狱卒将纸笔置于案上，李白扯狱官在一边说道："让开一步待我写。"狱官笑道："且看这风汉写出甚么来！"李白写道：

供状锦州人，姓李单名白。弱冠广文章，挥毫神鬼泣。长安列八仙，竹溪称六逸。曾草吓蛮书，声名播绝域。玉辇每趋陪，金銮为寝室。啜[26]羹御手调，流涎[27]御袍拭。高太尉脱靴，杨太师磨墨。天子殿前尚容乘马行，华阴县里不许我骑驴入？请验金牌，便知来历。

写毕，递与狱官看了，狱官唬得魂惊魄散，低头下拜道："学士老爷，可怜小人蒙官发遣，身不由己，万望海涵赦罪！"李白道："不干你事，只要你对知县说，我奉金牌圣旨而来，所得何罪，拘我在此？"狱官拜谢了，即忙将供状呈与知县，并述有金牌圣旨。知县此时如小儿初闻霹雳，无孔可钻，只得同狱官到牢中参见李学士，叩头哀告道："小官有眼不识泰山，一时冒犯，乞赐怜悯！"在职诸官，闻知此事，都来拜求，请学士到厅上正面坐下，众官庭参已毕。李白取出金牌，与众官看，牌上写道："学士所到，文武官员军民人等，有不敬者，以违诏论。""汝等当得何罪？"众官看罢圣旨，一齐低头礼拜："我等都该万死。"李白见众官苦苦哀求，笑道："你等受国家爵禄，如何又去贪财害民？如若改过前非，方免汝罪。"众官听说，人人拱手，个个遵依，不敢再犯。就在厅上大排筵宴，管待学士，饮酒三日方散。自是知县洗心涤虑，遂为良牧[28]。此信闻于他郡，都猜道朝廷差李学士出外私行观风考政，无不化贪为廉，化残为善。

李白遍历赵、魏、燕、晋、齐、梁、吴、楚，无不流连山水，极诗酒之趣。后因安禄山反叛，明皇车驾幸蜀，诛国忠于军中，缢贵妃于佛寺，白避乱隐于庐山。永王璘时为东南节度使，阴有乘机自立之志。闻白大才，强逼下山，欲授伪职，李白不从，拘留于幕府。未几，肃宗即位于灵武，拜郭子仪为天下兵马大元帅，克复两京。有人告永王璘谋叛，肃宗即遣子仪移兵讨之。永王兵败，李白方得脱身，逃至浔阳江口，被守江把总擒拿，把做叛党，解到郭元帅军前。子仪见是李学士，即喝退军士，亲解其缚，置于上位，纳头便拜道："昔日长安东市，若非恩人相救，焉有今日？"即命治酒压惊。连夜修本，奏上天子，为李白辨冤，且追叙其吓蛮书之功，荐其才可以大用。此乃施恩而得报也。正是：

两叶浮萍归大海，人生何处不相逢。

时杨国忠已死，高力士亦远贬他方，玄宗皇帝自蜀迎归，为太上皇，亦对肃宗称李白奇才。肃宗乃征白为左拾遗。白叹宦海沉迷，不得逍遥自在，辞而不受。别了郭子仪，遂泛舟游洞庭岳阳，再过金陵，泊舟于采石江边。是夜，月明如昼。李白在江头畅饮，忽闻天际乐声嘹亮，渐近舟次。舟人都不闻，只有李白听得。忽然江中风浪大作，有鲸鱼数丈，奋鬣[29]而起。仙童二人，手持旌节，到李白面前，口称："上帝奉迎星主还位。"舟人都惊倒，须臾苏醒。只见李学士坐于鲸背，音乐前导，腾空而去。明日将此事告于当涂县令李阳冰，阳冰具表奏闻。天子敕建李谪仙祠于采石山上，春秋二祭。

到宋太平兴国年间，有书生于月夜渡采石江，见锦帆西来，船头上有白牌一面，写"诗伯"二字。书生遂朗吟二句道：

谁人江上称诗伯？锦绣文章借一观！

舟中有人和云：

夜静不堪题绝句，恐惊星斗落江寒。

书生大惊，正欲傍舟相访，那船泊于采石之下。舟中人紫衣纱帽，飘然若仙，径投李谪仙祠中。书生随后求之祠中，并无人迹，方知和诗者即李白也。至今人称“酒仙”、“诗伯”，皆推李白为第一云。

吓蛮书草见天才，天子调羹亲赐来。
一自骑鲸天上去，江流采石有余哀。

【注释】

①暠：同“皓”。②徂徕：音粗（阳平）来。③越班：走出队列。④惓惓：恳切诚挚。惓，音拳。⑤昆布：海带的别称。⑥鄚：音帽。⑦豕：音史，猪。⑧勣：音绩。⑨殄：音舔。⑩纥：音河。⑪诃：音喝，阴平。⑫喧阗：喧哗，热闹。阗，音甜。⑬彩女：宫女。⑭躧：音喜。⑮兔颖：兔毛制的笔，亦泛称毛笔。⑯拂菻：古时指东罗马帝国。⑰刍粮：粮草，多指供军队用的饲料和粮食。⑱骖：音餐，古代驾在车前两侧的马。⑲玉花骢：唐玄宗所乘骏马名。骢，音葱，青白杂毛的马。⑳氍毹：音渠书，一种织有花纹图案的毛毯。㉑酲：音程，喝醉了神志不清。㉒琎：音进，一种像玉的石头。㉓落托：同“落拓”。㉔罍：音雷，古代一种盛酒的容器。㉕髯：音然，两腮的胡子，亦泛指胡子。㉖啜：音绰。㉗涎：音闲。㉘良牧：贤能的州郡长官。㉙鬣：音列，鱼颔旁小鳍。

老门生三世报恩

买只牛儿学种田，结间茅屋向林泉。
也知老去无多日，且向山中过几年。
为利为官终幻客，能诗能酒总神仙。

世间万物俱增价，老去文章不值钱。

这八句诗，乃是达者之言。末句说“老去文章不值钱”，这一句，还有个评论。大抵功名迟速，莫逃乎命，也有早成，也有晚达。早成者未必有成，晚达者未必不达。不可以年少而自恃，不可以年老而自弃。这老少二字，也在年数上论不得的。假如甘罗十二岁为丞相，十二岁上就死了，这十二岁之年，就是他发白齿落、背曲腰弯的时候了。后头日子已短，叫不得少年。又如姜太公八十岁还在渭水钓鱼，遇了周文王，以后车载之，拜为师尚父。文王崩，武王立，他又秉钺①为军师，佐武王伐商，定了周家八百年基业，封于齐国。又教其子丁公治齐，自己留相周朝，直活到一百二十岁方死。你说八十岁一个老渔翁，谁知日后还有许多事业，日子正长哩！这等看将起来，那八十岁上还是他初束发、刚顶冠、做新郎、应童子试的时候，叫不得老年。做人只知眼前贵贱，那知去后的日长日短？见个少年富贵的奉承不暇，多了几年年纪，蹉跎不遇，就怠慢他，这是短见薄识之辈。譬如农家，也有早谷，也有晚稻，正不知那一种收成得好？不见古人云：

东园桃李花，早发还先萎。
迟迟涧畔松，郁郁含晚翠。

闲话休提。却说国朝正统年间，广西桂林府兴安县有一秀才，复姓鲜于，名同，字大通。八岁时曾举神童，十一岁游庠②，超增补廪③。论他的才学，便是董仲舒、司马相如也不着在眼里，真个是胸藏万卷，笔扫千军。论他的志气，便像冯京、商辂④连中三元，也只算他便袋里东西，真个是足蹑风云，气冲牛斗。何期才高而数奇，志大而命薄。年年科举，岁岁观场，不能得朱衣点额，黄榜标名。到三十岁上，循资该出贡了。他是个有才有志的人，贡途的前程是不屑就的。思量穷秀才家，全亏学中年规这几两廪银，做个读书本钱。若出了学门，少了这项来路，又去坐监，反费盘缠。况且本省比监里又好中，算计不通。偶然在朋友前露了此意，那下首该贡的秀才，就来打话要他让贡，情愿将几十金酬谢。鲜于同又得了这个利息，自以为得计。

第一遍是个情，第二遍是个例，人人要贡，个个争先。鲜于同自三十岁上让贡起，一连让了八遍，到四十六岁兀自沉埋于泮[⑤]水之中，驰逐于青衿之队。也有人笑他的，也有人怜他的，又有人劝他的。那笑他的他也不睬，怜他的他也不受，只有那劝他的，他就勃然发怒起来道："你劝我就贡，止无过道俺年长，不能个科第了。却不知龙头属于老成，梁皓八十二岁中了状元，也替天下有骨气肯读书的男子争气。俺若情愿小就时，三十岁上就了，肯用力钻刺，少不得做个府佐县正，昧着心田做去，尽可荣身肥家。只是如今是个科目的世界，假如孔夫子不得科第，谁说他胸中才学？若是三家村一个小孩子，粗粗里记得几篇烂旧时文，遇了个盲试官，乱圈乱点，睡梦里偷得个进士到手，一般有人拜门生，称老师，谈天说地，谁敢出个题目将带纱帽的再考他一考么？不止于此，做官里头还有多少不平处，进士官就是个铜打铁铸的，撒漫[⑥]做去，没人敢说他不字。科贡官兢兢业业，捧了卵子过桥，上司还要寻趁[⑦]他。比及按院复命，参论的但是进士官，凭你叙得极贪极酷，公道看来，拿问也还透头。说到结末，生怕断绝了贪酷种子，道：'此一臣者，官箴虽玷，但或念初任，或念年青，尚可望其自新，策其末路，姑照浮躁或不及例降调。'不勾几年工夫，依旧做起。倘拼得些银子央要道挽回，不过对调个地方，全然没事。科贡的官一分不是，就当做十分。晦气遇着别人有势有力，没处下手，随你清廉贤宰，少不得借重他替进士顶缸。有这许多不平处，所以不中进士，再做不得官。俺宁可老儒终身，死去到阎王面前高声叫屈，还博个来世出头。岂可屈身小就，终日受人懊恼，吃顺气丸度日！”遂吟诗一首，诗曰：

从来资格困朝绅，只重科名不重人。
楚士凤歌诚恐殆，叶公龙好岂求真。
若还黄榜终无分，宁可青衿老此身。
铁砚磨穿豪杰事，春秋晚遇说平津。

汉时有个平津侯，复姓公孙名弘，五十岁读《春秋》，六十岁对策第一，做到丞相封侯。鲜于同后来六十一岁登第，人以为诗谶[8]，此是后话。

却说鲜于同自吟了这八句诗，其志愈锐。怎奈时运不利，看看五十齐头，“苏秦还是旧苏秦”，不能勾改换头面。再过几年，连小考都不利了。每到科学年分，第一个拦场告考的就是他，讨了多少人的厌贱。到天顺六年，鲜于同五十七岁，鬓发都苍然了，兀自挤在后生家队里，谈文讲艺，娓娓不倦。那些后生见了他，或以为怪物，望而避之；或以为笑具，就而戏之。这都不在话下。

却说兴安县知县，姓蒯名遇时，表字顺之，浙江台州府仙居县人氏。少年科甲，声价甚高。喜的是谈文讲艺，商古论今。只是有件毛病，爱少贱老，不肯一视同仁。见了后生英俊，加意奖借；若是年长老成的，视为朽物，口呼“先辈”，甚有戏侮之意。其年乡试届期，宗师行文，命县里录科。蒯知县将合县生员考试，弥封阅卷，自恃眼力，从公品第，黑暗里拔了一个第一，心中十分得意，向众秀才面前夸奖道：“本县拔得个首卷，其文大有吴越中气脉，必然连捷。通县秀才，皆莫能及。”众人拱手听命，却似汉皇筑坛拜将，正不知拜那一个有名的豪杰。比及拆号唱名，只见一人应声而出，从人丛中挤将上来，你道这人如何？

矮又矮，胖又胖，须鬓黑白各一半。破儒巾，欠时样，蓝衫补孔重重绽。你也瞧，我也看，若还冠带像胡判。不枉夸，不枉赞，"先辈"今朝说嘴惯。休羡他，莫自叹，少不得大家做老汉。不须营，不须干，序齿轮流做领案。

那案首不是别人，正是那五十六岁的怪物、笑具，名叫鲜于同。合堂秀才哄然大笑，都道："鲜于'先辈'，又起用了。"连蒯公也自羞得满面通红，顿口无言。一时间看错文字，今日众人属目之地，如何番悔！忍着一肚子气，胡乱将试卷拆完。喜得除了第一名，此下一个个都是少年英俊，还有些嗔中带喜。是日蒯公发放诸生事毕，回衙闷闷不悦，不在话下。

却说鲜于同少年时本是个名士，因淹滞了数年，虽然志不曾灰，却也是：

泽畔屈原吟独苦，洛阳季子面多惭。

今日出其不意，考个案首，也自觉有些兴头。到学道考试，未必爱他文字，亏了县家案首，就搭上一名科举，喜孜孜去赴省试。众朋友都在下处看经书，温后场。只有鲜于同平昔饱学，终日在街坊上游玩。旁人看见，都猜道："这位老相公，不知是送儿子孙儿进场的？事外之人，好不悠闲自在！"若晓得他是科举的秀才，少不得要笑他几声。

日居月诸，忽然八月初七日，街坊上大吹大擂，迎试官进贡院。鲜于同观看之际，见兴安县蒯公，正征聘做《礼记》房考官。鲜于同自想，我与蒯公同经，他考过我案首，必然爱我的文字，今番遇合，十有八九。谁知蒯公心里不然，他又是一个见识，道："我取个少年门生，他后路悠远，官也多做几年，房师也靠得着他。那些老师宿儒，取之无益。"又道："我科考时不合昏了眼，错取了鲜于'先辈'，在众人前老大没趣。今番再取中了他，却不又是一场笑话。我今阅卷，但是三场做得齐整的，多应是夙学之士，年纪长了，不要取他。只拣嫩嫩的口气，乱乱的文法，歪歪的四六[9]，怯怯的策论，愦[10]愦的判语，那定是少年初学。虽然学问未充，养他一两科，年还不长，且脱了鲜于同这件干纪[11]。”算计已定，如法阅卷，取了几个不整不齐，略略有些笔资的，大圈大点，呈上主司。主司都批了“中”字。

到八月廿[12]八日，主司同各经房在至公堂上拆号填榜。《礼记》房首卷是桂林府兴安县学生，复姓鲜于，名同，习《礼记》。又是那五十六的怪物、笑具[13]侥幸了。蒯公好生惊异。主司见蒯公有不乐之色，问其缘故。蒯公道：“那鲜于同年纪已老，恐置之魁列，无以压服后生，情愿把一卷换他。”主司指堂上匾额，道：“此堂既名为‘至公堂’，岂可以老少而私爱憎乎？自古龙头属于老成，也好把天下读书人的志气鼓舞一番。”遂不肯更换，判定了第五名正魁，蒯公无可奈何。正是：

饶君用尽千般力，命里安排动不得。
本心拣取少年郎，依旧取将老怪物。

蒯公立心不要中鲜于“先辈”，故此只拣不整齐的文字才中。那鲜于同是宿学之士，文字必然整齐，如何反投其机？原来鲜于同为八月初七日看了蒯公入帘，自谓遇合十有八九，回归寓中多吃了几杯生酒，坏了脾胃，破腹起来。勉强进场，一头想文字，一头泄泻，泻得一丝两气，草草完篇。二场三场，仍复如此。十分才学，不曾用得一分出来。自谓万无中式之理，谁知蒯公到不要整齐文字，以此竟占了个高魁。也是命里否极泰来，颠之倒之，自然凑巧。那兴安县刚刚只中他一个举人。当日鹿鸣宴罢，众同年序齿[14]，他就居了第一。各房考官见了门生，俱各欢喜，惟蒯公闷闷不悦。鲜于同感蒯公两番知遇之恩，愈加殷勤，蒯公愈加懒散。上京会试，只照常规，全无作兴加厚之意。

明年鲜于同五十八岁，会试，又下第了。相见蒯公，蒯公更无别语，只劝他选了官罢。鲜于同做了四十余年秀才，不肯做贡生官，今日才中得一年乡试，怎肯就举人职？回家读书，愈觉有兴。每闻里中秀才会文，他就袖了纸墨笔砚，捱入会中同做。凭众人耍他，笑他，咳他，厌他，总不在意。做完了文字，将众人所作看了一遍，欣然而归，以此为常。

光阴荏苒，不觉转眼三年，又当会试之期。鲜于同时年六十有一，年齿虽增，矍铄[15]如旧。在北京第二遍会试，在寓所得其一梦。梦见中了正魁，会试录上有名，下面却填做《诗经》，不是《礼记》。鲜于同本是个宿学[16]之士，那一经不通？他功名心急，梦中之言，不由不信，就改了《诗经》应试。

事有凑巧，物有偶然。蒯知县为官清正，行取到京，钦授礼科给事中之职。其年又进会试经房。蒯公不知鲜于同改经之事，心中想道："我两遍错了主意，取了那鲜于'先辈'做了首卷，今番会试，他年纪一发长了。若《礼记》房里又中了他，这才是终身之玷。我如今不要看《礼记》，改看了《诗经》卷子，那鲜于'先辈'中与不中，都不干我事。"比及入帘阅卷，遂请看《诗》五房卷。蒯公又想道："天下举子像鲜于'先辈'的，谅也非止一人，我不中鲜于同，又中了别的老儿，可不是'躲了雷公，遇了霹雳'！我晓得了，但凡老师宿儒，经旨必然十分透彻。后生家专工四书，经义必然不精。如今到不要取四经整齐，但是有些笔资的，不妨题旨影响，这定是少年之辈了。"阅卷进呈，等到揭晓，《诗》房头卷，列在第十名正魁。拆号看时，却是桂林府兴安县学生，复姓鲜于，名同，习《诗经》，刚刚又是那六十一岁的怪物、笑具！气得蒯遇时目睁口呆，如槁木死灰模样！

早知富贵生成定，悔却从前枉用心。

蒯公又想道："论起世上同名姓的尽多，只是桂林府兴安县却没有两个鲜于同，但他向来是《礼记》，不知何故又改了《诗经》，好生奇怪？"候其来谒，叩其改经之故。鲜于同将梦中所见，说了一遍。蒯公叹息连声道："真命进士，真命进士！"自此蒯公与鲜于同师生之谊，比前反觉厚了一分。殿试过了，鲜于同考在二甲头上，得选刑部主事。人道他晚年一第，又居冷局，替他气闷，他欣然自如。

却说蒯遇时在礼科衙门直言敢谏，因奏疏里面触突了大学士刘吉，被吉寻他罪过，下于诏狱。那时刑部官员一个个奉承刘吉，欲将蒯公置之死地。却好天与其便，鲜于同在本部一力周旋看觑，所以蒯公不致吃亏。又替他纠合同年，在各衙门恳求方便，蒯公遂得从轻降处。蒯公自想道："'着意种花花不活，无心栽柳柳成阴。'若不中得这个老门生，今日性命也难保。"乃往鲜于"先辈"寓所拜谢。鲜于同道："门生受恩师三番知遇，今日小小效劳，止可少答科举而已。天高地厚，未酬万一！"当日师生二人欢饮而别。自此不论蒯公在家在任，每年必遣人问候，或一次或两次，虽俸金微薄，表情而已。

光阴荏苒，鲜于同只在部中迁转，不觉六年，应升知府。京中重他才品，敬他老成，吏部立心要寻个好缺推他，鲜于同全不在意。偶然仙居县有信至，蒯公的公子蒯敬共与豪户查家争坟地疆界，嚷骂了一场。查家走失了个小厮，赖蒯公子打死，将人命事告官。蒯敬共无力对理，一径逃往云南父亲任所去了。官府疑蒯公子逃匿，人命真情，差人雪片[17]下来提人，家属也监了几个，阖门惊惧。鲜于同查得台州正缺知府，乃央人讨这地方。吏部知台州原非美缺，既然自己情愿，有何不从，即将鲜于同推升台州府知府。

鲜于同到任三日，豪家已知新太守是蒯公门生，特讨此缺而来，替他解纷，必有偏向之情。先在衙门谣言放刁，鲜于同只推不闻。蒯家家属诉冤，鲜于同亦佯为不理。密差的当捕人访缉查家小厮，务在必获。约过两月有余，那小厮在杭州拿到，鲜于太守当堂审明，的系自逃，与蒯家无干。当将小厮责取查家领状，蒯氏家属，即行释放。期会一日，亲往坟所踏看疆界。查家见小厮已出，自知所讼理虚，恐结讼之日必然吃亏，一面央大分上到太守处说方便，一面又央人到蒯家，情愿把坟界相让讲和。蒯家事已得白，也不愿结冤家。鲜于太守准了和息，将查家薄加罚治，申详上司，两家莫不心服。正是：

只愁堂上无明镜，不怕民间有鬼奸。

鲜于太守乃写书信一通，差人往云南府回覆房师蒯公。蒯公大喜，想道："'树荆棘得刺，树桃李得荫'，若不曾中得这个老门生，今日身家也难保。"遂写恳切谢启一通，遣儿子蒯敬共赍回，到府拜谢。鲜于同道："下官暮年淹蹇[18]，为世所弃，受尊公老师三番知遇，得掇科目，常恐身先沟壑，大德不报。今日恩兄被诬，理当暴白。下官因风吹火，小效区区，止可少酬老师乡试提拔之德，尚欠情多多也！"因为蒯公子经纪家事，劝他闭户读书，自此无话。

鲜于同在台州做了三年知府，声名大振，升在徽宁道做兵宪，累升河南廉使，勤于官职。年至八旬，精力比少年兀自有余，推升了浙江巡抚。鲜于同想道："我六十一岁登第，且喜儒途淹蹇，仕途到顺溜，并不曾有风波。今官至抚台，恩荣极矣。一向清勤自矢，不负朝廷。今日急流勇退，理之当然。但受蒯公三番知遇之恩，报之未尽，此任正在房师地方，或可少效涓埃[19]。"乃择日起程赴任。一路迎送荣耀，自不必说。不一日，到了浙江省城。此时蒯公也历任做到大参地位，因病目不能理事，致政在家。闻得鲜于"先辈"又做本省开府，乃领了十二岁孙儿，亲到杭州谒见。蒯公虽是房师，到小于鲜于公二十余岁。今日蒯公致政在家，又有了目疾，龙钟可怜。鲜于公年已八旬，健如壮年，位至开府。可见发达不在于迟早，蒯公叹息了许多。正是：

松柏何须羡桃李，请君点检岁寒枝。

且说鲜于同到任以后，正拟遣人问候蒯公，闻说蒯参政到门，喜不自胜，倒屣而迎，直请到私宅，以师生礼相见。蒯公唤十二岁孙儿："见了老公祖。"鲜于公问："此位是老师何人？"蒯公道："老夫受公祖活命之恩，犬子昔日难中，又蒙昭雪，此恩直如覆载。今天幸福星又照吾省。老夫衰病，不久于世，犬子读书无成，只有此孙，名曰蒯悟，资性颇敏，特携来相托，求老公祖青目一二。"鲜于公道："门生年齿，已非仕途人物，正为师恩酬报未尽，所以强颜而来。今日承老师以令孙相托，此乃门生报德之会也。鄙意欲留令孙在敝衙同小孙辈课业，未审老师放心否？"蒯公道："若蒙老公祖教训，老夫死亦瞑目！"遂留两个书童服事蒯悟在都抚衙内读书，蒯公自别去了。

那蒯悟资性过人，文章日进。就是年之秋，学道按临，鲜于公力荐神童，进学补廪，依旧留在衙门中勤学。三年之后，学业已成。鲜于公道："此子可取科第，我亦可以报老师之恩矣。"乃将俸银三百两赠与蒯悟为笔砚之资，亲送到台州仙居县。适值蒯公三日前一病身亡，鲜于公哭奠已毕，问："老师临终亦有何言？"蒯敬共道："先父遗言，自己不幸少年登第，因而爱少贱老。偶尔暗中摸索，得了老公祖大人。后来许多年少的门生，贤愚不等，升沉不一，俱不得其气力。全亏了老公祖大人一人，始终看觑。我子孙世世不可怠慢老成之士！"鲜于公呵呵大笑道："下官今日三报师恩，正要天下人晓得扶持了老成人也有用处，不可爱少而贱老也！"说罢，作别回省，草上表章，告老致仕。得旨予告，驰驿还乡，优悠林下。每日训课儿孙之暇，同里中父老饮酒赋诗。后八年，长孙鲜于涵乡榜高魁，赴京会试，恰好仙居县蒯悟是年中举，也到京中。两人三世通家，又是少年同窗，并在一寓读书。比及会试揭晓，同年进士，两家互相称贺。

鲜于同自五十七岁登科，六十一岁登甲，历仕二十三年，腰金衣紫，锡恩三代。告老回家，又看了孙儿科第，直活到九十六岁，整整的四十年晚运。至今浙江人肯读书，不到六七十岁还不丢手，往往有晚达者。后人有诗叹云：

利名何必苦奔忙，迟早须臾在上苍。
但学蟠桃能结果，三千余岁未为长。

【注释】

①钺：音越。②游庠：就读于府或州县的学宫。庠，音翔，原是周代的乡学，后泛称学校。③超增补廪：旧时生员有定额，定额之外录取的为增广生员，成绩好的，由政府供给膳食，补入廪生名额，谓之“超增补廪”。廪，音凛。④辂：音陆。⑤泮：音畔。⑥撒漫：谓任意挥霍钱财。⑦寻趁：谓寻隙责备。⑧谶：音趁，将要应验的预言、预兆。⑨四六：代指骈文。⑩愦：音愧，糊涂，昏乱。⑪干纪：犹干系，责任。⑫廿：音念，二十。⑬笑具：笑柄，笑料。亦指取笑、嘲弄的对象。⑭序齿：按年龄长幼排定先后次序。⑮矍铄：音决硕，形容老人目光炯炯、精力旺盛。⑯宿学：学识渊博。⑰雪片：形容连续不断。⑱淹蹇：谓艰难窘迫，坎坷不顺。蹇，音捡。⑲涓埃：细流与微尘，比喻微小。

赵太祖千里送京娘

兔走乌飞疾若驰，百年世事总依稀。
累朝富贵三更梦，历代君王一局棋。

禹定九州汤受业，秦吞六国汉登基。

百年光景无多日，昼夜追欢还是迟。

话说赵宋末年，河东石室山中有个隐士，不言姓名，自称石老人。有人认得的，说他原是有才的豪杰，因遭胡元之乱，曾诣军门献策不听，自起义兵，恢复了几个州县。后来见时势日蹙[①]，知大事已去，乃微服潜遁，隐于此山中。指山为姓，农圃自给，耻言仕进。或与谈论古今兴废之事，娓娓不倦。

一日近山有老少二儒，闲步石室，与隐士相遇。偶谈汉、唐、宋三朝创业之事，隐士问："宋朝何者胜于汉、唐？"一士云："修文偃武。"一士云："历朝不诛戮大臣。"隐士大笑道："二公之言，皆非通论。汉好征伐四夷，儒者虽言其'黩武'，然蛮夷畏惧，称力强汉，魏武犹借其余威以服匈奴。唐初府兵最盛，后变为藩镇，虽跋扈不臣，而犬牙相制，终借其力。宋自澶渊和虏，惮于用兵，其后以岁币为常，以拒敌为讳，金元继起，遂至亡国：此则偃武修文之弊耳。不戮大臣虽是忠厚之典，然奸雄误国，一概姑容，使小人进有非望之福，退无不测之祸，终宋之世，朝政坏于奸相之手。乃致末年时穷势败，函侂[②]胄[③]于虏庭，刺似道于厕下，不亦晚乎！以是为胜于汉、唐，岂其然哉？"二儒道："据先生之意，以何为胜？"隐士道："他事虽不及汉、唐，惟不贪女色最胜。"二儒道："何以见之？"隐士道："汉高溺爱于戚姬，唐宗乱伦于弟妇。吕氏、武氏几危社稷，飞燕、太真并污宫闱。宋代虽有盘乐之主，绝无渔色之君，所以高、曹、向、孟，闺德独擅其美，此则远过于汉、唐者矣。"二儒叹服而去。正是：

要知古往今来理，须问高明远见人。

方才说宋朝诸帝不贪女色，全是太祖皇帝贻谋之善，不但是为君以后，早期宴罢，宠幸希疏。自他未曾发迹变泰[④]的时节，也就是个铁挣挣的好汉，直道而行，一邪不染。则看他《千里送京娘》这节故事便知。正是：

说时义气凌千古，话到英风透九霄。
八百军州真帝主，一条杆棒显雄豪。

且说五代乱离，有诗四句：

朱李石刘郭，梁唐晋汉周。
都来十五帝，扰乱五十秋。

这五代都是偏霸，未能混一。其时土宇割裂，民无定主。到后周虽是五代之末，兀自有五国三镇。那五国？周郭威，北汉刘崇，南唐李璟，蜀孟昶[5]，南汉刘晟。那三镇？吴越钱佐，荆南高保融，湖南周行逢。

虽说五国三镇，那周朝承梁、唐、晋、汉之后，号为正统。赵太祖赵匡胤曾仕周为殿前都点检，后因陈桥兵变，代周为帝，混一宇内，国号大宋。当初未曾发迹变泰的时节，因他父亲赵洪殷曾仕汉为岳州防御使，人都称匡胤为赵公子，又称为赵大郎。生得面如噀[6]血，目若曙星，力敌万人，气吞四海。专好结交天下豪杰，任侠任气，路见不平，拔刀相助，是个管闲事的祖宗，撞没头祸的太岁。先在汴京城打了御勾栏，闹了御花园，触犯了汉末帝，逃难天涯。到关西护桥杀了董达，得了名马赤麒麟。黄州除了宋虎，朔州三棒打死了李子英，灭了潞州王李汉超一家。来到太原地面，遇了叔父赵景清。时景清在清油观出家，就留赵公子在观中居住。谁知染病，一卧三月。比及病愈，景清朝夕相陪，要他将息身体，不放他出外闲游。

一日景清有事出门，分付公子道："侄儿耐心静坐片时，病如小愈，切勿行动！"景清去了。公子那里坐得住，想道："便不到街坊游荡，这本观中闲步一回，又且何妨。"公子将房门拽上，绕殿游观。先登了三清宝殿，行遍东西两廊、七十二司，又看了东岳庙，转到嘉宁殿上游玩，叹息一声。真个是：

金炉不动千年火，玉盏长明万载灯。

行过多景楼玉皇阁，一处处殿宇崔嵬[7]，制度宏敞。公子喝采不迭，果然好个清油观，观之不足，玩之有余。转到酆[8]都地府冷静所在，却见小小一殿，正对那子孙宫相近，上写着“降魔宝殿”，殿门深闭。

公子前后观看了一回，正欲转身，忽闻有哭泣之声，乃是妇女声音。公子侧耳而听，其声出于殿内。公子道：“跷跷作怪！这里是出家人住处，缘何藏匿妇人在此？其中必有不明之事。且去问道童讨取钥匙，开这殿来，看个明白，也好放心。”回身到房中，唤道童讨降魔殿上钥匙，道童道：“这钥匙师父自家收管，其中有机密大事，不许闲人开看。”公子想道：“‘莫信直中直，须防人不仁！’原来俺叔父不是个好人，三回五次只教俺静坐，莫出外闲行，原来干这勾当。出家人成甚规矩？俺今日便去打开殿门，怕怎的！”

方欲移步，只见赵景清回来。公子含怒相迎，口中也不叫叔父，气忿忿地问道：“你老人家在此出家，干得好事？”景清出其不意，便道：“我不曾做甚事？”公子道：“降魔殿内锁的是什么人？”景清方才省得，便摇手道：“贤侄莫管闲事！”公子急得暴躁如雷，大声叫道：“出家人清净无为，红尘不染，为何殿内锁着个妇女，在内哭哭啼啼？必是非礼不法之事！你老人家也要放出良心，是一是二，说得明白，还有个商量；休要欺三瞒四，我赵某不是与你和光同尘的！”景清见他言词峻厉，便道：“贤侄，你错怪愚叔了！”公子道：“怪不怪是小事，且说殿内可是妇人？”景清道：“正是。”公子道：“可又来。”景清晓得公子性躁，还未敢明言，用缓词答应道：“虽是妇人，却不干本观道众之事。”公子道：“你是个一观之主，就是别人做出歹事寄顿在殿内，少不得你知情。”景清道：“贤侄息怒，此女乃是两个有名响马[⑨]不知那里掳来，一月之前寄于此处，托吾等替他好生看守；若有差迟，寸草不留。因是贤侄病未痊，不曾对你说得。”公子道：“响马在那里？”景清道：“暂往那里去了。”公子不信道：“岂有此理！快与我打开殿门，唤女子出来，俺自审问他详细。”说罢，绰了浑铁齐眉短棒，往前先走。

景清知他性如烈火，不好遮拦。慌忙取了钥匙，随后赶到降魔殿前。景清在外边开锁，那女子在殿中听得锁响，只道是强人来到，愈加啼哭。公子也不谦让，才等门开，一脚跨进。那女子躲在神道背后唬做一团。公子近前放下齐眉短棒，看那女子，果然生得标致：

眉扫春山，眸横秋水。含愁含恨，犹如西子捧心；欲泣欲啼，宛似杨妃剪发。琵琶声不响，是个未出塞的明妃；胡笳[⑩]调若成，分明强和番的蔡女。天生一种风流态，便是丹青画不真。

公子抚慰道：“小娘子，俺不比奸淫之徒，你休得惊慌。且说家居何处？谁人引诱到此？倘有不平，俺赵某与你解救则个。”那女子方才举袖拭泪，深深道个万福。公子还礼。女子先问：“尊官高姓？”景清代答道：“此乃汴京赵公子。”女子道：“公子听禀！”未曾说得一两句，早已扑簌簌流下泪来。

原来那女子也姓赵，小字京娘，是蒲州解梁县小祥村居住，年方一十七岁。因随父亲来阳曲县还北岳香愿，路遇两个响马强人：一个叫做满天飞张广儿，一个叫做着地滚周进。见京娘颜色，饶了他父亲性命，掳掠到山神庙中。张、周二强人争要成亲，不肯相让。议论了两三日，二人恐坏了义气，将这京娘寄顿[⑪]于清油观降魔殿内，分付道士小心供给看守。再去别处访求个美貌女子，掳掠而来，凑成一对，然后同日成亲，为压寨夫人。那强人去了一月，至今未回。道士惧怕他，只得替他看守。

京娘叙出缘由，赵公子方才向景清道："适才甚是粗卤，险些冲撞了叔父。既然京娘是良家室女，无端被强人所掳，俺今日不救，更待何人？"又向京娘道："小娘子休要悲伤，万事有赵某在此，管教你重回故土，再见爹娘。"京娘道："虽承公子美意，释放奴家出于虎口。奈家乡千里之遥，奴家孤身女流，怎生跋涉？"公子道："救人须救彻，俺不远千里亲自送你回去。"京娘拜谢道："若蒙如此，便是重生父母。"

景清道："贤侄，此事断然不可。那强人势大，官司禁捕他不得。你今日救了小娘子，典守者难辞其责；再来问我要人，教我如何对付？须当连累于我！"公子笑道："'大胆天下去得，小心寸步难行。'俺赵某一生见义必为，万夫不惧。那响马虽狠，敢比得潞州王么？他须也有两个耳朵，晓得俺赵某名字。既然你们出家人怕事，俺留个记号在此，你们好回复那响马。"说罢，轮起浑铁齐眉棒，横着身子，向那殿上朱红槅[12]子狠的打一下，"枥拉"一声，把菱花窗棂都打下来。再复一下，把那四扇槅子打个东倒西歪。唬得京娘战战兢兢，远远的躲在一边。景清面如土色，口中只叫："罪过！"公子道："强人若再来时，只说赵某打开殿门抢去了。冤各有头，债各有主。要来寻俺时，教他打蒲州一路来。"

景清道："此去蒲州千里之遥，路上盗贼生发，独马单身，尚且难走，况有小娘子牵绊？凡事宜三思而行！"公子笑道："汉末三国时，关云长独行千里，五关斩六将，护着两位皇嫂，直到古城与刘皇叔相会，这才是大丈夫所为。今日一位小娘子救他不得，赵某还做什么人？此去倘然冤家狭路相逢，教他双双受死。"景清道："然虽如此，还有一说。古者男女坐不同席，食不共器。贤侄千里相送小娘子，虽则美意，出于义气，傍人怎知就里？见你少男少女一路同行，嫌疑之际，被人谈论，可不为好成歉[13]，反为一世英雄之玷？”公子呵呵大笑道：“叔父莫怪我说，你们出家人惯妆架子，里外不一。俺们做好汉的，只要自己血心上打得过，人言都不计较。”

景清见他主意已决，问道：“贤侄几时起程？”公子道：“明早便行。”景清道：“只怕贤侄身子还不健旺。”公子道：“不妨事。”景清教道童治酒送行。公子于席上对京娘道：“小娘子，方才叔父说一路嫌疑之际，恐生议论。俺借此席面，与小娘子结为兄妹。俺姓赵，小娘子也姓赵，五百年合是一家，从此兄妹相称便了。”京娘道：“公子贵人，奴家怎敢扳高[14]？”景清道：“既要同行，如此最好。”呼道童取过拜毡，京娘请恩人在上：“受小妹子一拜。”公子在傍还礼。京娘又拜了景清，呼为伯伯。景清在席上叙起侄儿许多英雄了得，京娘欢喜不尽。是夜直饮至更余，景清让自己卧房与京娘睡，自己与公子在外厢同宿。

五更鸡唱，景清起身安排早饭，又备些干粮牛脯，为路中之用。公子鞴[15]了赤麒麟，将行李扎缚停当，嘱付京娘：“妹子，只可村妆打扮，不可冶容炫服，惹是招非。”早饭已毕，公子扮作客人，京娘扮作村姑，一般的戴个雪帽，齐眉遮了。兄妹二人作别景清。景清送出房门，忽然想起一事道：“贤侄，今日去不成，还要计较。”不知景清说出甚话来？正是：

鹊得羽毛方远举，虎无牙爪不成行。

景清道：“一马不能骑两人，这小娘子弓鞋袜小，怎跟得上？可不担误了程途？从容觅一辆车儿同去却不好？”公子道：“此事算之久矣。有个车辆又费照顾，将此马让与妹子骑坐，俺誓愿千里步行，相随不惮。”京娘道：“小妹有累恩人远送，愧非男子，不能执鞭坠镫，岂敢反占尊骑？决难从命！”

公子道："你是女流之辈，必要脚力。赵某脚又不小，步行正合其宜。"京娘再四推辞，公子不允，只得上马。公子跨了腰刀，手执浑铁杆棒，随后向景清一揖而别。景清道："贤侄路上小心，恐怕遇了两个响马，须要用心堤防。下手斩绝些，莫带累我观中之人。"公子道："不妨，不妨。"说罢，把马尾一拍，喝声："快走。"那马拍腾腾便跑，公子放下脚步，紧紧相随。

于路免不得饥餐渴饮，夜住晓行。不一日行至汾州介休县地方。这赤麒麟原是千里龙驹马，追风逐电，自清油观至汾州不过三百里之程，不勾名马半日驰骤。一则公子步行，恐奔赴不及，二则京娘女流，不惯驰骋，所以控辔缓缓而行。兼之路上贼寇生发，须要慢起早歇，每日止行一百余里。

公子是日行到一个土冈之下，地名黄茅店。当初原有村落，因世乱人荒，都逃散了，还存得个小小店儿。日色将晡[16]，前途旷野，公子对京娘道："此处安歇，明日早行罢。"京娘道："但凭尊意。"店小二接了包裹，京娘下马，去了雪帽。小二一眼瞧见，舌头吐出三寸，缩不进去。心下想道："如何有这般好女子！"小二牵马系在屋后。公子请京娘进了店房坐下，小二哥走来跕[17]着呆看。公子问道："小二哥有甚话说？"小二道："这位小娘子，是客官甚么人？"公子道："是俺妹子。"小二道："客官，不是小人多口，千山万水，路途间不该带此美貌佳人同走！"公子道："为何？"小二道："离此十五里之地，叫做介山，地旷人稀，都是绿林中好汉出没之处。倘若强人知道，只好白白里送与他做压寨夫人，还要贴他个利市[18]。"公子大怒骂道："贼狗大胆，敢虚言恐唬客人！"照小二面门一拳打去。小二口吐鲜血，手掩着脸，向外急走去了。店家娘就在厨下发话。京娘道："恩兄忒性躁了些。"公子道："这厮言语不知进退，怕不是良善之人！先教他晓得俺些手段。”京娘道：“既在此借宿，恶不得他。”公子道：“怕他则甚？”京娘便到厨下与店家娘相见，将好言好语稳贴[19]了他半晌，店家娘方才息怒，打点动火做饭。

京娘归房，房中尚有余光，还未点灯。公子正坐，与京娘讲话，只见外面一个人入来，到房门口探头探脑。公子大喝道：“什么人敢来瞧俺脚色[20]？那人道：“小人自来寻小二哥闲话，与客官无干。”说罢，到厨房下，与店家娘卿卿哝哝的讲了一会方去。公子看在眼里，早有三分疑心。灯火已到，店小二只是不回。店家娘将饭送到房里，兄妹二人吃了晚饭，公子教京娘掩上房门先寝。自家只推水火，带了刀棒绕屋而行。约莫二更时分，只听得赤麒麟在后边草屋下有嘶喊踢跳之声。此时十月下旬，月光初起，公子悄步上前观看，一个汉子被马踢倒在地。见有人来，务能的挣阐[21]起来就跑。公子知是盗马之贼，追赶了一程，不觉数里，转过溜水桥边，不见了那汉子。只见对桥一间小屋，里面灯烛辉煌，公子疑那汉子躲匿在内。步进看时，见一个白须老者，端坐于土床之上，在那里诵经。怎生模样：

眼如迷雾，须若凝霜。眉如柳絮之飘，面有桃花之色。若非天上金星，必是山中社长。

那老者见公子进门，慌忙起身施礼。公子答揖，问道：“长者所诵何经？”老者道：“《天皇救苦经》。”公子道：“诵他有甚好处？”老者道：“老汉见天下分崩，要保佑太平天子早出，扫荡烟尘，救民于涂炭。”公子听得此言，暗合其机，心中也欢喜。公子又问道：“此地贼寇颇多，长者可知他的行藏[22]么？”老者道：“贵人莫非是同一位骑马女子，下在坡下茅店里的？”公子道：“然也。”老者道：“幸遇老夫，险些儿惊了贵人。”公子问其缘故。老者请公子上坐，自己傍边相陪，从容告诉道：“这介山新生两个强人，聚集喽啰[23]，打家劫舍，扰害汾潞地方。一个叫做满天飞张广儿，一个叫做着地滚周进。半月之间不知那里抢了一个女子，二人争娶未决，寄顿他方，待再寻得一个来，各成婚配，这里一路店家，都是那强人分付过的，但访得有美貌佳人，疾忙报他，重重有赏。晚上贵人到时，那小二便去报与周进知道，先差野火儿姚旺来探望虚实，说道：‘不但女子貌美，兼且骑一匹骏马，单身客人，不足为惧。’有个千里脚陈名，第一善走，一日能行三百里。贼人差他先来盗马，众寇在前面赤松林下屯扎。等待贵人五更经过，便要抢劫。贵人须要防备。”公子道：“原来如此，长者何以知之？”老者道：“老汉久居于此，动息都知。见贼人切不可说出老汉来。”公子谢道：“承教了。”绰棒起身，依先走回，店门兀自半开，公子挺身而入。

却说店小二为接应陈名盗马，回到家中，正在房里与老婆说话，老婆暖酒与他吃。见公子进门，闪在灯背后去了。公子心生一计，便叫京娘问店家讨酒吃。店家娘取了一把空壶，在房门口酒缸内舀酒。公子出其不意，将铁棒照脑后一下，打倒在地，酒壶也撇在一边。小二听得老婆叫苦，也取朴刀赶出房来。怎当公子以逸待劳，手起棍落，也打翻了。再复两棍，都结果了性命。京娘大惊，急救不及，问其打死二人之故。公子将老者所言，叙了一遍。京娘吓得面如土色道：“如此途路难行，怎生是好？”公子道：“好歹有赵某在此，贤妹放心。”公子撑了大门，就厨下暖起酒来，饮个半醉，上了马料，将銮铃塞口，使其无声。扎缚包裹停当，将两个尸首拖在厨下柴堆上，放起火来，前后门都放了一把火。看火势盛了，然后引京娘上马而行。

此时东方渐白，经过溜水桥边，欲再寻老者问路，不见了诵经之室，但见土墙砌的三尺高一个小小庙儿，庙中社公[24]

坐于傍边。方知夜间所见，乃社公引导。公子想道：“他呼我为贵人，又见我不敢正坐，我必非常人也。他日倘然发迹，当加封号。”公子催马前进，约行了数里，望见一座松林，如火云相似。公子叫声：“贤妹慢行，前面想是赤松林了。”言犹未毕，草荒中钻出一个人来，手执钢叉，望公子便搠[25]。公子会者不忙，将铁棒架住。那汉且斗且走，只要引公子到林中去。激得公子怒起，双手举棒，喝声：“着！”将半个天灵盖劈下。那汉便是野火儿姚旺。公子叫京娘约马暂住：“俺到前面林子里结果了那伙毛贼，和你同行。”京娘道：“恩兄仔细！”公子放步前行。正是。

圣天子百灵助顺，大将军八面威风。

那赤松林下着地滚周进屯住四五十喽啰，听得林子外脚步响，只道是姚旺伏路报信，手提长枪钻将出来，正迎着公子。公子知是强人，并不打话，举棒便打，周进挺枪来敌。约斗上二十余合，林子内喽啰知周进遇敌，筛起锣一齐上前，团团围住。公子道：“有本事的都来！”公子一条铁棒，如金龙罩体，玉蟒缠身，迎着棒似秋叶翻风，近着身如落花坠地。打得三分四散，七零八落。周进胆寒起来，枪法乱了，被公子一棒打倒。众喽啰发声喊，都落荒乱跑。公子再复一棒，结果了周进。回步已不见了京娘。急往四下抓寻，那京娘已被五六个喽啰簇拥过赤松林了。公子急忙赶上，大喝一声：“贼徒那里走？”众喽啰见公子追来，弃了京娘，四散去了。公子道：“贤妹受惊了！”京娘道：“适才喽啰内有两个人，曾跟随响马到清油观，原认得我。方才说：‘周大王与客人交手，料这客人斗大王不过，我们先送你在张大王那边去。’”公子道：“周进这厮已被俺剿除了，只不知张广儿在于何处？”京娘道：“只愿你不相遇更好。”

公子催马快行，约行四十余里，到一个市镇。公子腹中饥饿，带住辔头，欲要扶京娘下马上店。只见几个店家都忙乱乱的安排炊爨，全不来招架行客。公子心疑，因带有京娘，怕得生事，牵马过了店门，只见家家闭户。到尽头处，一个小小人家，也关着门。公子心下奇怪，去敲门时，没人答应。转身到屋后，将马拴在树上，轻轻的去敲他后门。里面一个老婆婆，开门出来看了一看，意中甚是惶惧。公子慌忙跨进门内，与婆婆作揖道："婆婆休讶。俺是过路客人，带有女眷，要借婆婆家中火，吃了饭就走的。"婆婆捻神捻鬼的叫："噤声。"京娘亦进门相见，婆婆便将门闭了。公子问道："那边店里安排酒会，迎接什么官府？"婆婆摇手道："客人休管闲事。"公子道："有甚闲事，直恁[26]利害？俺这远方客人，烦婆婆说明则个！"婆婆道："今日满天飞大王在此经过，这乡村敛钱备饭，买静求安。老身有个儿子，也被店中叫去相帮了。"公子听说，思想："原来如此。一不做二不休，索性与他个干净，绝了清油观的祸根罢。"公子道："婆婆，这是俺妹子，为还南岳香愿到此，怕逢了强徒，受他惊恐。有烦婆婆家藏匿片时，等这大王过去之后方行，自当厚谢。"婆婆道："好位小娘子，权躲不妨事，只客官不要出头惹事！"公子道："俺男子汉自会躲闪，且到路傍打听消息则个。"婆婆道："仔细！有见成馍馍，烧口热水，等你来吃。饭却不方便。"

公子提棒仍出后门，欲待乘马前去迎他一步，忽然想道："俺在清油观中说出了'千里步行'，今日为惧怕强贼乘马，不算好汉。"遂大踏步奔出路头。心生一计，复身到店家，大聒聒的叫道："大王即刻到了，洒家是打前站的，你下马饭完也未？"店家道："都完了。"公子道："先摆一席与洒家吃。"众人积威之下，谁敢辨其真假？还要他在大王面前方便，大鱼大肉，热酒热饭，只顾搬将出来。公子放量大嚼，吃到九分九，外面沸传：“大王到了，快摆香案。”公子不慌不忙，取了护身龙，出外看时，只见十余对枪刀棍棒，摆在前导，到了店门，一齐跪下。那满天飞张广儿骑着高头骏马，千里脚陈名执鞭紧随。背后又有三五十喽啰，十来乘车辆簇拥。

你道一般两个大王，为何张广儿恁般齐整？那强人出入聚散，原无定规，况且闻说单身客人，也不在其意了，所以周进未免轻敌。这张广儿分路在外行劫，因千里脚陈名报道：“二大王已拿得有美貌女子，请他到介山相会。”所以整齐队伍而来，行村过镇，壮观威仪。公子隐身北墙之侧，看得真切，等待马头相近，大喊一声道：“强贼看棒！”从人丛中跃出，如一只老鹰半空飞下。说时迟，那时快，那马惊骇，望前一跳。这里棒势去得重，打折了马的一只前蹄，那马负疼就倒，张广儿身松，早跳下马。背后陈名持棍来迎，早被公子一棒打翻。张广儿舞动双刀，来斗公子。公子腾步到空阔处，与强人放对。斗上十余合，张广儿一刀砍来，公子棍起，中其手指。广儿右手失刀，左手便觉没势，回步便走。公子喝道：“你绰号满天飞，今日不怕你飞上天去！”赶进一步，举棒望脑后劈下，打做个肉饱。可怜两个有名的强人，双双死于一日之内。正是：

三魂渺渺“满天飞”，七魄悠悠“着地滚”。

众喽啰却待要走，公子大叫道：“俺是沛京赵大郎，自与贼人张广儿、周进有仇。今日都已剿除了，并不干众人之事。”众喽啰弃了枪刀，一齐拜倒在地，道：“俺们从不见将军恁般英雄，情愿伏侍将军为寨主。”公子呵呵大笑道：“朝中世爵，俺尚不希罕，岂肯做落草之事！”公子看见众喽啰中，陈名亦在其内，叫出问道：“昨夜来盗马的就是你么？”陈名叩头服罪。公子道：“且跟我来，赏你一餐饭。”众人都跟到店中。公子分付店家："俺今日与你地方除了二害。这些都是良民，方才所备饭食，都着他饱餐，俺自有发放。其管待张广儿一席留着，俺有用处。"店主人不敢不依。

众人吃罢，公子叫陈名道："闻你日行三百里，有用之才，如何失身于贼人？俺今日有用你之处，你肯依否？"陈名道："将军若有所委，不避水火。"公子道："俺在汴京，为打了御花园，又闹了御勾栏，逃难在此。烦你到汴京打听事体如何？半月之内，可在太原府清油观赵知观处等候我，不可失信！"公子借笔砚写了叔父赵景清家书，把与陈名。将贼人车辆财帛，打开分作三分。一分散与市镇人家，偿其向来骚扰之费。就将打死贼人尸首及枪刀等项，着众人自去解官请赏。其一分众喽啰分去为衣食之资，各自还乡生理。其一分又剖为两分，一半赏与陈名为路费，一半寄与清油观修理降魔殿门窗。公子分派已毕，众心都伏，各各感恩。公子叫店主人将酒席一桌，抬到婆婆家里。婆婆的儿子也都来了，与公子及京娘相见。向婆婆说知除害之事，各各欢喜。公子向京娘道："愚兄一路不曾做得个主人，今日借花献佛，与贤妹压惊把盏。"京娘千恩万谢，自不必说。

是夜，公子自取囊中银十两送与婆婆，就宿于婆婆家里。京娘想起公子之恩："当初红拂一妓女，尚能自择英雄。莫说受恩之下，愧无所报，就是我终身之事，舍了这个豪杰，更托何人？欲要自荐，又羞开口；欲待不说，他直性汉子，那知奴家一片真心？"左思右想，一夜不睡。不觉五更鸡唱，公子起身鞴马要走。京娘闷闷不悦，心生一计，于路只推腹痛难忍，几遍要解。要公子扶他上马，又扶他下马。一上一下，将身偎贴公子，挽颈勾肩，万般旖旎。夜宿又嫌寒道热，央公子减被添衾[27]，软香温玉，岂无动情之处？公子生性刚直，尽心伏侍，全然不以为怪。

又行了三四日，过曲沃地方，离蒲州三百余里，其夜宿于荒村。京娘口中不语，心下踌躇：如今将次到家了，只管害羞不说，挫此机会，一到家中，此事便索罢休，悔之何及！黄昏以后，四宇无声，微灯明灭，京娘兀自未睡，在灯前长叹流泪。公子道："贤妹因何不乐？"京娘道："小妹有句心腹之言，说来又怕唐突，恩人莫怪！"公子道："兄妹之间，有何嫌疑？尽说无妨！"京娘道："小妹深闺娇女，从未出门。只因随父进香，误陷于贼人之手，锁禁清油观中，还亏贼人去了，苟延数日之命，得见恩人。倘若贼人相犯，妾宁受刀斧，有死不从。今日蒙恩人拔离苦海，千里步行相送，又为妾报仇，绝其后患。此恩如重生父母，无可报答。倘蒙不嫌貌丑，愿备铺床叠被之数，使妾少尽报效之万一。不知恩人允否？"公子大笑道："贤妹差矣！俺与你萍水相逢，出身相救，实出恻隐之心，非贪美丽之貌。况彼此同姓，难以为婚，兄妹相称，岂可及乱？俺是个坐怀不乱的柳下惠，你岂可学纵欲败礼的吴孟子！休得狂言，惹人笑话。"

京娘羞惭满面，半晌无语，重又开言道："恩人休怪妾多言，妾非淫污苟贱之辈，只为弱体余生，尽出恩人所赐，此身之外，别无报答。不敢望与恩人婚配，得为妾婢，伏侍恩人一日，死亦瞑目。"公子勃然大怒道："赵某是顶天立地的男子，一生正直，并无邪佞。你把我看做施恩望报的小辈，假公济私的好人，是何道理？你若邪心不息，俺即今撒开双手，不管闲事，怪不得我有始无终了。"公子此时声色俱厉。京娘深深下拜道："今日方见恩人心事，赛过柳下惠、鲁男子。愚妹是女流之辈，坐井观天，望乞恩人恕罪则个！"公子方才息怒，道："贤妹，非是俺胶柱鼓瑟[28]，本为义气上千里步行相送。今日若就私情，与那两个响马何异？把从前一片真心化为假意，惹天下豪杰们笑话。"京娘道："恩兄高见，妾今生不能补报大德，死当衔环结草。”两人说话，直到天明，正是：

落花有意随流水，流水无情恋落花。

自此京娘愈加严敬公子，公子亦愈加怜悯京娘。一路无话，看看来到蒲州。京娘虽住在小祥村，却不认得，公子问路而行。京娘在马上望见故乡光景，好生伤感。

却说小祥村赵员外，自从失了京娘，将及两月有余，老夫妻每日思想啼哭。忽然庄客来报，京娘骑马回来，后面有一红脸大汉，手执杆棒跟随。赵员外道：“不好了，响马来讨妆奁[29]了！”妈妈道：“难道响马只有一人？且教儿子赵文去看个明白。”赵文道：“虎口里那有回来肉？妹子被响马劫去，岂有送转之理？必是容貌相像的，不是妹子。”道犹未了，京娘已进中堂，爹妈见了女儿，相抱而哭。哭罢，问其得回之故。京娘将贼人锁禁清油观中，幸遇赵公子路见不平，开门救出，认为兄妹，千里步行相送，并途中连诛二寇大略，叙了一遍。“今恩人见在，不可怠慢。”赵员外慌忙出堂，见了赵公子拜谢道：“若非恩人英雄了得，吾女必陷于贼人之手，父子不得重逢矣！”遂令妈妈同京娘拜谢，又唤儿子赵文来见了恩人。庄上宰猪设宴，款待公子。

赵文私下与父亲商议道：“‘好事不出门，恶事传千里。’妹子被强人劫去，家门不幸。今日跟这红脸汉子回来，‘人无利己，准肯早起’？必然这汉子与妹子有情，千里送来，岂无缘故？妹子经了许多风波，又有谁人聘他？不如招赘那汉子在门，两全其美，省得傍人议论。”赵公是个随风倒舵没主意的老儿，听了儿子说话，便教妈妈唤京娘来问道：“你与那公子千里相随，一定把身子许过他了。如今你哥哥对爹说，要招赘与你为夫，你意下如何？”京娘道：“公子正直无私，与孩儿结为兄妹，如嫡亲相似，并无调戏之言。今日望爹妈留他在家，管待他十日半月，少尽其心，此事不可题起。”妈妈将女儿言语述与赵公，赵公不以为然。

少间筵席完备，赵公请公子坐于上席，自己老夫妇下席相陪，赵文在左席，京娘右席。酒至数巡，赵公开言道：“老汉一言相告：小女余生，皆出恩人所赐，老汉阖门感德，无以为报。幸小女尚未许人，意欲献与恩人，为箕帚之妾，伏乞勿拒。”公子听得这话，一盆烈火从心头掇起，大骂道：“老匹夫！俺为义气而来，反把此言来污辱我。俺若贪女色时，路上也就成亲了，何必千里相送！你这般不识好歹的，枉费俺一片热心。”说罢，将桌子掀翻，望门外一直便走。赵公夫妇唬得战战兢兢。赵文见公子粗鲁，也不敢上前。只有京娘心下十分不安，急走去扯住公子衣裾，劝道：“恩人息怒！且看愚妹之面。”公子那里肯依，一手攞脱了京娘，奔至柳树下，解了赤麒麟，跃上鞍辔，如飞而去。

京娘哭倒在地，爹妈劝转回房，把儿子赵文埋怨了一场。赵文又羞又恼，也走出门去了。赵文的老婆听得爹妈为小姑上埋怨了丈夫，好生不喜，强作相劝，将冷语来奚落京娘道：“姑姑，虽然离别是苦事，那汉子千里相随，忽然而去，也是个薄情的。他若是有仁义的人，就了这头亲事了。姑姑青年美貌，怕没有好姻缘相配，休得愁烦则个！”气得京娘泪流不绝，顿口无言。心下自想道：“因奴命蹇时乖，遭逢强暴，幸遇英雄相救，指望托以终身。谁知事既不谐，反涉瓜李之嫌。今日父母哥嫂亦不能相谅，何况他人？不能报恩人之德，反累恩人的清名，为好成歉，皆奴之罪。似此薄命，不如死于清油观中，省了许多是非，到得干净，如今悔之无及。千死万死，左右一死，也表奴贞节的心迹。”捱至夜深，爹妈睡熟，京娘取笔题诗四句于壁上，撮土为香，望空拜了公子四拜，将白罗汗巾，悬梁自缢而死。

可怜闺秀千金女，化作南柯一梦人。

天明，老夫妇起身，不见女儿出房，到房中看时，见女儿缢在梁间，吃了一惊，两口儿放声大哭。看壁上有诗云：

天付红颜不遇时，受人凌辱被人欺。
今宵一死酬公子，彼此清名天地知。

赵妈妈解下女儿，儿子媳妇都来了。赵公玩其诗意，方知女儿冰清玉洁，把儿子痛骂一顿。免不得买棺成殓，择地安葬，不在话下。

再说赵公子乘着千里赤麒麟，连夜走至太原，与赵知观相会。千里脚陈名已到了三日。说汉后主已死，郭令公禅位，改国号曰周，招纳天下豪杰。公子大喜，住了数日，别了赵知观，同陈名还归汴京，应募为小校㉚。从此随世宗南征北讨，累功至殿前都点检。后受周禅为宋太祖。陈名相从有功，亦官至节度使之职。太祖即位以后，灭了北汉。追念京娘昔日兄妹之情，遣人到蒲州解良县寻访消息。使命寻得四句诗回报，太祖甚是嗟叹，敕封为贞义夫人，立祠于小祥村。那黄茅店溜水桥社公，敕封太原都土地，命有司择地建庙，至今香火不绝。这段话，题做“赵公子大闹清油观，千里送京娘”。后人有诗赞云：

不恋私情不畏强，独行千里送京娘。
汉唐吕武纷多事，谁及英雄赵大郎！

【注释】

①蹙：音促。②侂：音托。③胄：音皱。④变泰：犹言否极泰来，谓发迹腾达。⑤袛：音敞。⑥噀：音迅，含在口中而喷出。⑦崔嵬：形容高峻。嵬，音维。⑧酆：音风。⑨响马：古指拦路抢劫的强盗，又称“响马子”。⑩胡笳：中国古代北方民族的一种乐器，类似笛子。笳，音加。⑪寄顿：犹寄存。⑫槅：音隔，门窗上用木条做成的格子。⑬为好成歉：比喻好心得不到好报，将恩作仇。⑭扳高：谓竭力与地位高的人结

亲或拉关系。⑮鞴：音备，指装备车马，把鞍辔（音配）等套在马上。⑯晡：音哺（阴平），申时，即下午三点至五点。⑰跕：同"踮"。⑱利市：指买卖所得的利润，亦指好买卖。⑲稳贴：犹劝慰。⑳脚色：来历，根底，底细。㉑挣挫：即"阐闽""挣揣"，挣扎。㉒行藏：行迹，底细。㉓喽啰：旧称占有固定地盘的强人部众，现在多比喻追随恶人的人。㉔社公：旧称土地神。㉕搠：音朔。㉖直恁：犹言竟然如此。恁，音嫩，那。㉗衾：音亲。㉘胶柱鼓瑟：用胶把柱粘住以后奏琴，柱不能移动，就无法调弦。比喻固执拘泥，不知变通。柱，瑟上调节声音的短木。㉙奁：音连。㉚小校：低级武官名。

玉堂春落难逢夫

公子初年柳陌游，玉堂一见便绸缪。
黄金数万皆消费，红粉双眸枉泪流。
财货拐，仆驹休，犯法洪同狱内囚。
按临骢马冤愆[1]脱，百岁姻缘到白头。

话说正德年间，南京金陵城有一人，姓王名琼，别号思竹，中乙丑科进士，累官至礼部尚书。因刘瑾擅权，劾了一本。圣旨发回原籍。不敢稽留，收拾轿马和家眷起身。王爷暗想有几两俸银，都借在他人名下，一时取讨不及。况长子南京中书，次子时当大比，踌躇半晌，乃呼公子三官前来。那三官双名景隆，字顺卿，年方一十六岁。生得眉目清新，丰姿俊雅。读书一目十行，举笔即便成文，原是个风流才子。王爷爱惜胜如心头之气，掌上之珍。当下王爷唤至分付道："我留你在此读书，叫王定讨帐。银子完日，作速回家，免得父母牵挂。我把这里帐目都留与你。"叫王定过来："我留你与三叔在此读书讨帐，不许你引诱他胡行乱为。吾若知道，罪责非小。”王定叩头说：“小人不敢。”次日收拾起程。

王定与公子送别，转到北京，另寻寓所安下。公子谨依父命，在寓读书，王定讨帐，不觉三月有余，三万银帐，都收完了。公子把底帐扣算，分厘不欠，分付王定，选日起身。公子说：“王定，我们事体俱已完了，我与你到大街上各巷口闲耍片时，来日起身。”王定遂即锁了房门，分付主人家用心看着生口。房主说：“放心，小人知道。”二人离了寓所，至大街观看皇都景致，但见：

人烟凑集，车马喧阗。人烟凑集，合四山五岳之音；车马喧阗，尽六部九卿之辈。做买做卖，总四方土产奇珍；闲荡闲游，靠万岁太平洪福。处处胡同铺锦绣，家家杯斝[②]醉笙歌。

公子喜之不尽。忽然又见五七个宦家子弟，各拿琵琶弦子，欢乐饮酒。公子道：“王定，好热闹去处。”王定说：“三叔，这等热闹，你还没到那热闹去处哩！”二人前至东华门，公子睁眼观看，好锦绣景致。只见门彩金凤，柱盘金龙。王定道：“三叔，好么？”公子说：“真个好所在。”又走前面去，问王定：“这是那里？”王定说：“这是紫金城。”公子往里一视，只见城内瑞气腾腾，红光闪闪，看了一会，果然富贵无过于帝王，叹息不已。

离了东华门往前，又走多时，到一个所在，见门前站着几个女子，衣服整齐。公子便问：“王定，此是何处？”王定道：“此是酒店。”乃与王定进到酒楼上。公子坐下，看那楼上有五七席饮酒的，内中一席有两个女子，坐着同饮。公子看那女子，人物清楚，比门前站的，更胜几分。公子正看中间，酒保将酒来，公子便问：“此女是那里来的？”酒保说：“这是一秤金家丫头翠香、翠红。”三官道：“生得清气。”酒保说：“这等就说标致？他家里还有一个粉头[③]，排行三姐，号玉堂春，有十二分颜色。鸨儿索价太高，还未梳拢。”公子听说留心，叫王定还了酒钱，下楼去，说：“王定，我与你春院胡同走走。”王定道：“三叔不可去，老爷知道怎了！”公子说：“不妨，看一看就回。”乃走至本司院门首。果然是：

花街柳巷，绣阁朱楼。家家品竹弹丝，处处调脂弄粉。黄金买笑，无非公子王孙；红袖邀欢，都是妖姿丽色。正疑香雾弥天蔼，忽听歌声别院娇。总然道学也迷魂，任是真僧须破戒。

公子看得眼花撩乱，心内踌躇，不知那是一秤金的门。正思中间，有个卖瓜子的小伙叫做金哥走来，公子便问：“那是一秤金的门？”金哥说：“大叔莫不是要耍？我引你去。”王定便道：“我家相公不嫖，莫错认了。”公子说：“但求一见。”

那金哥就报与老鸨知道。老鸨慌忙出来迎接，请进待茶。王定见老鸨留茶，心下慌张，说：“三叔可回去罢。”老鸨听说，问道：“这位何人？”公子说：“是小价[④]。”鸨子道：“大哥，你也进来吃茶去，怎么这等小器？”公子道：“休要听他。”跟着老鸨往里就走。王定道：“三叔不要进去。俺老爷知道，可不干我事。”在后边自言自语。公子那里听他，竟到了里面坐下。

老鸨叫丫头看茶。茶罢，老鸨便问：“客官贵姓？”公子道：“学生姓王，家父是礼部正堂。”老鸨听说拜道：“不知贵公子，失瞻休罪。”公子道：“不碍，休要计较，久闻令爱玉堂春大名，特来相访。”老鸨道：“昨有一位客官，要梳弄小女，送一百两财礼，不曾许他。”公子道：“一百两财礼，小哉！学生不敢夸大话，除了当今皇上，往下也数家父。就是家祖，也做过侍郎。”老鸨听说，心中暗喜，便叫翠红请三姐出来见尊客。翠红去不多时，回话道：“三姐身子不健，辞了罢。”老鸨起身带笑说：“小女从幼养娇了，直待老婢自去唤他。”王定在傍喉急，又说：“他不出来就罢了，莫又去唤。”老鸨不听其言，走进房中，叫：“三姐，我的儿，你时运到了！今有王尚书的公子，特慕你而来。”玉堂春低头不语。慌得那鸨儿便叫：“我儿，王公子好个标致人物，年纪不上十六七岁，囊中广有金银。你若打得上这个主儿，不但名声好听，也勾你一世受用。”玉姐听说，即时打扮，来见公子。临行，老鸨又说：“我儿，用心奉承，不要怠慢他。”玉姐道：“我知道了。”

公子看玉堂春果然生得好：

> 鬓挽乌云，眉弯新月。肌凝瑞雪，脸衬朝霞。袖中玉笋尖尖，裙下金莲窄窄。雅淡梳妆偏有韵，不施脂粉自多姿。便数尽满院名姝，总输他十分春色。

玉姐偷看公子，眉清目秀，面白唇红，身段风流，衣裳清楚，心中也是暗喜。当下玉姐拜了公子，老鸨就说：“此非贵客坐处，请到书房小叙。”公子相让，进入书房。果然收拾得精致，明窗净几，古画古炉。公子却无心细看，一心只对着玉姐。

鸨儿帮衬，教女儿捱着公子肩下坐了，分咐丫鬟摆酒。王定听见摆酒，一发着忙，连声催促三叔回去。老鸨丢个眼色与丫头：“请这大哥到房里吃酒。”翠香、翠红道：“姐夫请进房里，我和你吃盅喜酒。”王定本不肯去，被翠红二人，拖拖拽拽扯进去坐了，甜言美语，劝了几杯酒。初时还是勉强，以后吃得热闹，连王定也忘怀了，索性放落了心，且偷快乐。

正饮酒中间，听得传语公子叫王定。王定忙到书房，只见杯盘罗列，本司自有答应乐人，奏动乐器。公子开怀乐饮。王定走近身边，公子附耳低言：“你到下处取二百两银子，四匹尺头，再带散碎银二十两，到这里来。”王定道：“三叔要这许多银子何用？”公子道：“不要你闲管。”王定没奈何，只得来到下处，开了皮箱，取出五十两元宝四个，并尺头碎银，再到本司院，说："三叔有了。"公子看也不看，都教送与鸨儿，说："银两尺头，权为令爱初会之礼；这二十两碎银，把做赏人杂用。"王定只道公子要讨那三姐回去，用许多银子，听说只当初会之礼，吓得舌头吐出三寸。却说鸨儿一见了许多东西，就叫丫头转过一张空桌，王定将银子尺头放在桌上。鸨儿假意谦让了一回，叫玉姐："我儿，拜谢了公子。"又说："今日是王公子，明日就是王姐夫了。"叫丫头收了礼物进去。"小女房中还备得有小酌，请公子开怀畅饮。"公子与玉姐肉手相搀，同至香房，只见围屏小桌，果品珍羞，俱已摆设完备。公子上坐，鸨儿自弹弦子，玉堂春清唱侑[⑤]酒。弄得三官骨松筋痒，神荡魂迷。王定见天色晚了，不见三官动身，连催了几次。丫头受鸨儿之命，不与他传。王定又不得进房，等了一个黄昏，翠红要留他宿歇，王定不肯，自回下处去了。公子直饮到二鼓[⑥]方散。玉堂春殷勤伏侍公子上床，解衣就寝，真个男贪女爱，倒凤颠鸾，彻夜交情，不在话下。

天明，鸨儿叫厨下摆酒煮汤，自进香房，追红讨喜，叫一声："王姐夫，可喜可喜。"丫头小厮都来磕头。公子分付王定每人赏银一两，翠香、翠红各赏衣服一套，折钗银三两。王定早晨本要来接公子回寓，见他撒漫使钱，有不然之色。公子暗想："在这奴才手里讨针线，好不爽利。索性将皮箱搬到院里，自家便当。"鸨儿见皮箱来了，愈加奉承。真个朝朝寒食，夜夜元宵，不觉住了一个多月。老鸨要生心科派[⑦]，设一大席酒，搬戏演乐，专请三官玉姐二人赴席。鸨子举杯敬公子说："王姐夫，我女儿与你成了夫妇，地久天长，凡家中事务，望乞扶持。"那三官心里只怕鸨子心里不自在，看那银子犹如粪土，凭老鸨说谎，欠下许多债负，都替他还，又打若干首饰酒器，做若干衣服，又许他改造房子，又造百花楼一座，与玉堂春做卧房。随其科派，件件许了。正是：

酒不醉人人自醉，色不迷人人自迷。

急得家人王定手足无措，三回五次，催他回去。三官初时含糊答应，以后逼急了，反将王定痛骂。王定没奈何，只得到求玉姐劝他。玉姐素知虔婆[8]利害，也来苦劝公子道："'人无千日好，花有几日红？'你一日无钱，他翻了脸来，就不认得你。"三官此时手内还有钱钞，那里信他这话。王定暗想："心爱的人还不听他，我劝他则甚？"又想："老爷若知此事，如何了得！不如回家报与老爷知道，凭他怎么裁处，与我无干。"王定乃对三官说："我在北京无用，先回去罢。"三官正厌王定多管，巴不得他开身，说："王定，你去时，我与你十两盘费。你到家中禀老爷，只说帐未完，三叔先使我来问安。"玉姐也送五两，鸨子也送五两。王定拜别三官而去。正是：

各人自扫门前雪，莫管他家瓦上霜。

且说三官被酒色迷住，不想回家，光阴似箭，不觉一年。亡八[9]淫妇，终日科派，莫说上头、做生、讨粉头、买丫鬟，连亡八的寿圹[10]都打得到。三官手内财空。亡八一见无钱，凡事疏淡，不照常答应奉承。又住了半月，一家大小作闹起来。老鸨对玉姐说："'有钱便是本司院，无钱便是养济院。'王公子没钱了，还留在此做甚！那曾见本司院举了节妇，你却呆守那穷鬼做甚？"玉姐听说，只当耳边之风。

一日三官下楼往外去了，丫头来报与鸨子。鸨子叫玉堂春下来："我问你，几时打发王三起身？"玉姐见话不投机，复身向楼上便去。鸨子随即跟上楼来，说："奴才，不理我么？"玉姐说："你们这等没天理，王公子三万两银子，俱送在我家。若不是他时，我家东也欠债，西也欠债，焉有今日这等足用？"鸨子怒发，一头撞去，高叫："三儿打娘哩！"亡八听见，不分是非，便拿了皮鞭，赶上楼来，将玉姐撴[11]跌在楼上，举鞭乱打，打得髻偏发乱，血泪交流。

且说三官在午门外与朋友相叙，忽然面热肉颤，心下怀疑，即辞归，径走上百花楼。看见玉姐如此模样，心如刀割，慌忙抚摩，问其缘故。玉姐睁开双眼，看见三官，强把精神挣着说："俺的家务事，与你无干。"三官说："冤家，你为我受打，还说无干？明日辞去，免得累你受苦。"玉姐说："哥哥，当初劝你回去，你却不依我。如今孤身在此，盘缠又无，三千余里，怎生去得？我如何放得心？你若不能还乡，流落在外，又不如忍气且住几日。"三官听说，闷倒在地。玉姐近前抱住公子，说："哥哥，你今后休要下楼去，看那亡八淫妇怎么样行来？"三官说："欲待回家，难见父母兄嫂；待不去，又受不得亡八冷言热语。我又舍不得你。待住，那亡八淫妇只管打你。"玉姐说："哥哥，打不打，你休管他，我与你是从小的儿女夫妻，你岂可一旦别了我！"看看天色又晚，房中往常时丫头秉灯上来，今日火也不与了。玉姐见三官痛伤，用手扯到床上睡了。一递一声长吁短气。三官与玉姐说："不如我去罢！再接有钱的客官，省你受气。"玉姐说："哥哥，那亡八淫妇，任他打我，你好歹休要起身。哥哥在时，奴命在；你真个要去，我只一死。"二人直哭到天明，起来，无人与他碗水。玉姐叫丫头："拿盅茶来与你姐夫吃。"鸨子听见，高声大骂："大胆奴才，少打，叫小三自家来取。"那丫头小厮都不敢来。玉姐无奈，只得自己下楼，到厨下，盛碗饭，泪滴滴自拿上楼去，说："哥哥，你吃饭来。"公子才要吃，又听得下边骂；待不吃，玉姐又劝。公子方才吃得一口，那淫妇在楼下说："小三，大胆奴才，那有'巧媳妇做出无米粥'？"三官分明听得他话，只索隐忍。正是：

囊中有物精神旺，手内无钱面目惭。

却说亡八恼恨玉姐，待要打他，倘或打伤了，难教他挣钱；待不打他，他又恋着王小三。十分逼的小三极了，他是个酒色迷了的人，一时他寻个自尽，倘或尚书老爷差人来接，那时把泥做也不干。左思右算，无计可施。鸨子说：“我自有妙法叫他离咱门去。明日是你妹子生日，如此如此，唤做‘倒房计’。”亡八说：“倒也好。”

鸨子叫丫头楼上问：“姐夫吃了饭还没有？”鸨子上楼来说：“休怪！俺家务事，与姐夫不相干。”又照常摆上了酒。吃酒中间，老鸨忙陪笑道：“三姐，明日是你姑娘生日。你可禀王姐夫，封上人情，送去与他。”玉姐当晚封下礼物。第二日清晨，老鸨说：“王姐夫，早起来，趁凉可送人情到姑娘家去。”大小都离司院，将半里，老鸨故意吃一惊，说：“王姐夫，我忘了锁门，你回去把门锁上。”公子不知鸨子用计，回来锁门不题。且说亡八从那小巷转过来，叫：“三姐，头上吊了簪子。”哄的玉姐回头，那亡八把头口打了两鞭，顺小巷流水出城去了。

三官回院，锁了房门，忙往外赶看，不见玉姐，遇着一伙人，公子躬身便问：“列位曾见一起男女，往那里去了？”那伙人不是好人，却是短路的，见三官衣服齐整，心生一计，说：“才往芦苇西边去了。”三官说：“多谢列位。”公子往芦苇里就走。这人哄的三官往芦苇里去了，即忙走在前面等着。三官至近，跳起来喝一声，却去扯住三官，齐下手剥去衣服帽子，拿绳子捆在地上。三官手足难挣，昏昏沉沉，捱到天明，还只想了玉堂春，说：“姐姐，你不知在何处去，那知我在此受苦！”

不说公子有难，且说亡八淫妇拐着玉姐，一日走了一百二十里地，野店安下。玉姐明知中了亡八之计，路上牵挂三官，泪不停滴。

再说三官在芦苇里，口口声声叫救命。许多乡老近前看见，把公子解了绳子，就问："你是那里人？"三官害羞，不说是公子，也不说嫖玉堂春。浑身上下又无衣服，眼中吊泪说："列位大叔，小人是河南人，来此小买卖。不幸遇着歹人，将一身衣服尽剥去了，盘费一文也无。"众人见公子年少，舍了几件衣服与他，又与了他一顶帽子。三官谢了众人，拾起破衣穿了，拿破帽子戴了。又不见玉姐，又没了一个钱，还进北京来，顺着房檐，低着头，从早到黑，水也没得口。三官饿的眼黄，到天晚寻宿，又没人家下他。有人说："想你这个模样子，谁家下你？你如今可到总铺门口去，有觅人打梆子，早晚勤谨，可以度日。"三官径至总铺门首，只见一个地方[12]来顾人打更。三官向前叫："大叔，我打头更。"地方便问："你姓甚么？"公子说："我是王小三。"地方说："你打二更罢！失了更，短了筹，不与你钱，还要打哩！"三官是个自在惯了的人，贪睡了，晚间把更失了。地方骂："小三，你这狗骨头，也没造化吃这自在饭，快着走。"三官自思无路，乃到孤老院里去存身。正是：

一般院子里，苦乐不相同。

却说那亡八鸨子说："咱来了一个月，想那王三必回家去了。咱们回去罢。"收拾行李，回到本司院。只有玉姐每日思想公子，寝食俱废。鸨子上楼来，苦苦劝说："我的儿，那王三已是往家去了，你还想他怎么？北京城内多少王孙公子，你只是想着王三不接客。你可知道我的性子，自讨分晓，我再不说你了。"说罢自去了。玉姐泪如雨滴，想王顺卿手内无半文钱，不知怎生去了？"你要去时，也通个信息，免使我苏三常常挂牵。不知何日再得与你相见？"

不说玉姐想公子，且说公子在北京院讨饭度日。北京大街上有个高手王银匠，曾在王尚书处打过酒器。公子在虔婆家打首饰物件，都用着他。一日往孤老院过，忽然看见公子，唬了一跳，上前扯住，叫："三叔！你怎么这等模样？"三官从头说了一遍。王银匠说："自古狠心亡八！三叔，你今到寒家，清茶淡饭，暂住几日，等你老爷使人来接你。"三官听说大喜，跟随至王匠家中。王匠敬他是尚书公子，尽礼管待，也住了半月有余。他媳妇子见短，不见尚书家来接，只道丈夫说谎，乘着丈夫上街，便发说话："自家一窝子男女，那有闲饭养他人！好意留吃几日，各人要自达时务，终不然在此养老送终。"三官受气不过，低着头，顺着房格往外出来，信步而行。走至关王庙，猛省关圣最灵，何不诉他？乃进庙，跪于神前，诉以亡八鸨儿负心之事。拜祷良久，起来闲看两廊画的三国功劳。

却说庙门外街上，有一个小伙儿叫云："本京瓜子，一分一桶。高邮鸭蛋，半分一个。"此人是谁？是卖瓜子的金哥。金哥说道："原来是年景消疏，买卖不济。当时本司院有王三叔在时，一时照顾二百钱瓜子，转的来，我父母吃不了。自从三叔回家去了，如今谁买这物？二三日不曾发市，怎么过？我到庙里歇歇再走。"

金哥进庙里来，把盘子放在供桌上，跪下磕头。三官却认得是金哥，无颜见他，双手掩面坐于门限侧边。金哥磕了头起来，也来门限上坐下。三官只道金哥出庙去了，放下手来，却被金哥认出，说："三叔，你怎么在这里？"三官含羞带泪，将前事道了一遍。金哥说："三叔休哭，我请你吃些饭。"三官说："我得了饭。"金哥又问："你这两日，没见你三婶来？"三官说："久不相见了！金哥，我烦你到本司院密密与三婶说，我如今这等穷，看他怎么说？回来复我。"金哥应允，端起盘，往外就走。三官又说："你到那里看风色。他若想我，你便题我在这里如此；若无真心疼我，你便休话，也来回我。他这人家有钱的另一样待，无钱的另一样待。”金哥说：“我知道。”辞了三官，往院里来，在于楼外边立着。

说那玉姐手托香腮，将汗巾拭泪，声声只叫：“王顺卿，我的哥哥！你不知在那里去了？”金哥说：“呀，真个想三叔哩！”咳嗽一声，玉姐听见，问：“外边是谁？”金哥上楼来，说：“是我。我来买瓜子与你老人家磕哩。”玉姐眼中掉泪，说：“金哥，纵有羊羔美酒，吃不下，那有心绪磕瓜仁。”金哥说：“三婶，你这两日怎么淡了？”玉姐不理。金哥又问：“你想三叔，还想谁？你对我说，我与你接去。”玉姐说；“我自三叔去后，朝朝思想，那里又有谁来？我曾记得一辈古人。”金哥说：“是谁？”玉姐说：“昔有个亚仙女，郑元和为他黄金使尽，去打莲花落。后来收心勤读诗书，一举成名。那亚仙风月场中显大名。我常怀亚仙之心，怎得三叔他像郑元和方好。”

金哥听说，口中不语，心内自思：“王三到也与郑元和相像了，虽不打莲花落，也在孤老院讨饭吃。”金哥乃低低把三婶叫了一声，说：“三叔如今在庙中安歇，叫我密密的报与你，济他些盘费，好上南京。”玉姐唬了一惊：“金哥休要哄我。”金哥说：“三婶，你不信，跟我到庙中看看去。”玉姐说：“这里到庙中有多少远？”金哥说：“这里到庙中有三里地。”玉姐说：“怎么敢去？”又问：“三叔还有甚话？”金哥说：“只是少银子钱使用，并没甚话。”玉姐说：“你去对三叔说：‘十五日在庙里等我。’”金哥去庙里回复三官，就送三官到王匠家中：“倘若他家不留你，就到我家里去。”幸得王匠回家，又留住了公子不题。

却说老鸨又问：“三姐，你这两日不吃饭，还是想着王三哩！你想他，他不想你，我儿好痴！我与你寻个比王三强的，你也新鲜些。”玉姐说：“娘，我心里一件事不得停当。”鸨子说："你有甚么事？"玉姐说："我当初要王三的银子，黑夜与他说话，指着城隍爷爷说誓。如今等我还了愿，就接别人。"老鸨问："几时去还愿？"玉姐道："十五日去罢。"老鸨甚喜。预先备下香烛纸马。

等到十五日，天未明，就叫丫头起来："你与姐姐烧下水洗脸。"玉姐也怀心，起来梳洗，收拾私房银两，并钗钏首饰之类，叫丫头拿着纸马，径往城隍庙里去。进的庙来，天还未明，不见三官在那里。那晓得三官却躲在东廊下相等，先已看见玉姐，咳嗽一声。玉姐就知，叫丫头烧了纸马："你先去，我两边看看十帝阎君。"玉姐叫了丫头转身，径来东廊下寻三官。三官见了玉姐，羞面通红。玉姐叫声："哥哥王顺卿，怎么这等模样？"两下抱头而哭。玉姐将所带有二百两银子东西，付与三官，叫他置办衣帽买骡子，再到院里来："你只说是从南京才到，休负奴言。"二人含泪各别。

玉姐回至家中，鸨子见了，欣喜不胜，说："我儿还了愿了？"玉姐说："我还了旧愿，发下新愿。"鸨子说："我儿，你发下甚么新愿？"玉姐说："我要再接王三，把咱一家子死的灭门绝户，天火烧了！"鸨子说："我儿这愿忒发得重了些。"从此欢天喜地不题。

且说三官回到王匠家，将二百两东西，递与王匠。王匠大喜，随即到了市上，买了一身衲帛衣服，粉底皂靴，绒袜，瓦楞帽子，青丝绦，真川扇，皮箱骡马，办得齐整。把砖头瓦片，用布包裹，假充银两，放在皮箱里面，收拾打扮停当。雇了两个小厮，跟随就要起身。王匠说："三叔，略停片时，小子置一杯酒饯行。"公子说："不劳如此，多蒙厚爱，异日须来报恩。"三官遂上马而去。

妆成圈套入胡同，鸨子焉能不强从。
亏杀玉堂垂念永，固知红粉亦英雄。

却说公子辞了王匠夫妇，径至春院门首。只见几个小乐工，都在门首说话。忽然看见三官气象一新，唬了一跳，飞风报与老鸨。老鸨听说，半晌不言：“这等事怎么处？向日三姐说：他是宦家公子，金银无数。我却不信，逐他出门去了。今日到带有金银，好不惶恐人也！”左思右想，老着脸走出来见了三官，说：“姐夫从何而至？”一手扯住马头。公子下马唱了半个喏，就要行，说：“我伙计都在船中等我。”老鸨陪笑道：“姐夫好狠心也。就是寺破僧丑，也看佛面；纵然要去，你也看看玉堂春。”公子道：“向日那几两银子值甚的？学生岂肯放在心上！我今皮箱内，见有五万银子，还有几船货物，伙计也有数十人。有王定看守在那里。”鸨子一发不肯放手了。公子恐怕掣脱了，将机就机，进到院门坐下。鸨儿分付厨下忙摆酒席接风。三官茶罢，就要走。故意攞出两定银子来，都是五两头细丝。三官检起，袖而藏之。鸨子又说：“我到了姑娘家酒也不曾吃，就问你。说你往东去了，寻不见你，寻了一个多月，俺才回家。”公子乘机便说：“亏你好心，我那时也寻不见你。王定来接我，我就回家去了。我心上也欠挂着玉姐，所以急急而来。”老鸨忙叫丫头去报玉堂春。

丫头一路笑上楼来，玉姐已知公子到了，故意说：“奴才笑甚么？”丫头说：“王姐夫又来了。”玉姐故意唬了一跳，说：“你不要哄我！”不肯下楼。老鸨慌忙自来。玉姐故意回脸往里睡。鸨子说：“我的亲儿！王姐夫来了，你不知道么？”玉姐也不语，连问了四五声，只不答应。这一时待要骂，又用着他，扯一把椅子拿过来，一直坐下，长吁了一声气。玉姐见他这模样，故意回过头起来，双膝跪在楼上，说：“妈妈！今日饶我这顿打。”老鸨忙扯起来说：“我儿！你还不知道王姐夫又来了。拿有五万两花银，船上又有货物并伙计数十人，比前加倍。你可去见他，好心奉承。”玉姐道：“发下新愿了，我不去接他。”鸨子道：“我儿！发愿只当取笑。”一手挽玉姐下楼来，半路就叫：“王姐夫，三姐来了。”

三官见了玉姐，冷冷的作了一揖，全不温存。老鸨便叫丫头摆桌，取酒斟上一盅，深深万福，递与王姐夫：“权当老身不是。可念三姐之情，休走别家，教人笑话。”三官微微冷笑，叫声：“妈妈，还是我的不是。”老鸨殷勤劝酒，公子吃了几杯，叫声“多扰”，抽身就走。翠红一把扯住，叫：“玉姐，与俺姐夫陪个笑脸。”老鸨说：“王姐夫，你忒做绝了。丫头把门顶了，休放你姐夫出去。”叫丫头把那行李抬在百花楼去，就在楼下重设酒席，笙琴细乐，又来奉承。吃了半更，老鸨说：“我先去了，让你夫妻二人叙话。”三官玉姐正中其意，携手登楼：

如同久旱逢甘雨，好似他乡遇故知。

二人一晚叙话，正是“欢娱嫌夜短，寂寞恨更长”。不觉鼓打四更，公子爬将起来，说：“姐姐，我走罢。”玉姐说：“哥哥，我本欲留你多住几日，只是留君千日，终须一别。今番作急回家，再休惹闲花野草。见了二亲，用意攻书。倘或成名，也争得这一口气。”玉姐难舍王公子，公子留恋玉堂春。玉姐说：“哥哥，你到家，只怕娶了家小不念我。”三官说：“我怕你在北京另接一人，我再来也无益了。”玉姐说：“你指着圣贤爷说了誓愿。”两人双膝跪下。公子说：“我若南京再娶家小，五黄六月害病死了我。”玉姐说：“苏三再若接别人，铁锁长枷永不出世。”就将镜子拆开，各执一半，日后为记。玉姐说：“你败了三万两银子，空手而回，我将金银首饰器皿，都与你拿去罢。”三官说：“亡八淫妇知道时，你怎打发他？”玉姐说：“你莫管我，我自有主意。”玉姐收拾完备，轻轻的开了楼门，送公子出去了。

天明鸨儿起来，叫丫头烧下洗脸水，承下净口茶：“看你姐夫醒了时，送上楼去，问他要吃甚么，我好做去。若是还睡，休惊醒他。”丫头走上楼去，见摆设的器皿都没了，梳妆匣也出空了，撇在一边。揭开帐子，床上空了半边。跑下楼，叫：“妈妈罢了！”鸨子说：“奴才！慌甚么？惊着你姐夫。”丫头说：“还有甚么姐夫？不知那里去了。俺姐姐回脸往里睡着。”老鸨听说，大惊，看小厮骡脚都去了。连忙走上楼来，喜得皮箱还在。打开看时，都是个砖头瓦片。鸨儿便骂：“奴才！王三那里去了？我就打死你！为何金银器皿他都偷去了？”玉姐说：“我发过新愿了，今番不是我接他来的。”鸨子说：“你两个昨晚说了一夜话，一定晓得他去处。”亡八就去取皮鞭，玉姐拿个手帕，将头扎了，口里说：“待我寻王三还你。”忙下楼来，往外就走。鸨子乐工，恐怕走了，随后赶来。

玉姐行至大街上，高声叫屈：“图财杀命！”只见地方都来了。鸨子说：“奴才，他到把我金银首饰尽情拐去，他还放刁！”亡八说：“由他，咱到家里算帐。”

玉姐说：“不要说嘴，咱往那里去？那是我家？我同你到刑部堂上讲讲，恁家里是公侯宰相，朝郎驸马，你那里的金银器皿！万物要平个理。一个行院人家，至轻至贱，那有甚么大头面，戴往那里去坐席？王尚书公子在我家，费了三万银子，谁不知道他去了就开手。你昨日见他有了银子，又去哄到家里，图谋了他行李。不知将他下落在何处？列位做个证见。”说得鸨子无言可答。亡八说：“你叫王三拐去我的东西，你反来图赖我。”玉姐舍命，就骂：“亡八淫妇，你图财杀人，还要说嘴？见今皮箱都打开在你家里，银子都拿过了。那王三官不是你谋杀了是那个？”鸨子说：“他那里有甚么银子？都是砖头瓦片哄人。”玉姐说：“你亲口说带有五万银子，如何今日又说没有？”两下厮闹。

众人晓得三官败过三万银子是真，谋命的事未必，都将好言劝解。玉姐说：“列位，你既劝我不要到官，也得我骂他几句，出这口气。”众人说：“凭你骂罢。”玉姐骂道：

你这亡八是喂不饱的狗，鸨子是填不满的坑。不肯思量做生理，只是排局骗别人。奉承尽是天罗网，说话皆是陷人坑。只图你家长兴旺，那管他人贫不贫。八百好钱买了我，与你挣了多少银。我父叫做周彦亨，大同城里有名人。买良为贱该甚罪？兴贩人口问充军。哄诱良家子弟犹自可，图财杀命罪非轻！你一家万分无天理，我且说你两三分。

众人说：“玉姐，骂得勾了。”鸨子说：“让你骂许多时，如今该回去了。”玉姐说：“要我回去，须立个文书执照与我。”众人说：“文书如何写？”玉姐说：“要写‘不合买良为娼，及图财杀命’等话。”亡八那里肯写。玉姐又叫起屈来。众人说：“买良为娼，也是门户常事。那人命事不的实，却难招认。我们只主张写个赎身文书与你罢！”亡八还不肯。众人说：“你莫说别项，只王公子三万银子也勾买三百个粉头了。玉姐左右心不向你了，舍了他罢！”众人都到酒店里面，讨了一张绵纸，一人念，一人写，只要亡八鸨子押花。玉姐道：“若写得不公道，我就扯碎了。”众人道：“还你停当。”写道：

立文书本司乐户苏淮同妻一秤金，向将钱八百文，讨大同府人周彦亨女玉堂春在家，本望接客靠老，奈女不愿为娼。

写到“不愿为娼”，玉姐说：“这句就是了。须要写收过王公子财礼银三万两。”亡八道：“三儿！你也拿些公道出来。这一年多费用去了，难道也算？”众人道：“只写二万罢。”又写道：

有南京公子王顺卿，与女相爱，准得过银二万两，凭众议作赎身财礼。今后听凭玉堂春嫁人，并与本户无干。立此为照。

后写"正德年月日，立文书乐户苏淮同妻一秤金"，见人有十余人。众人先押了花。苏淮只得也押了，一秤金也画个十字。玉姐收讫，又说："列位老爹！我还有一件事，要先讲个明。"众人曰："又是甚事？"玉姐曰："那百花楼，原是王公子盖的，拨与我住。丫头原是公子买的，要叫两个来伏侍我。以后米面柴薪菜蔬等项，须是一一供给，不许措勒短少，直待我嫁人方止。"众人说："这事都依着你。"玉姐辞谢先回。亡八又请众人吃过酒饭方散。正是：

周郎妙计高天下，赔了夫人又折兵。

话说公子在路，夜住晓行，不数日，来到金陵自家门首下马。王定看见，唬了一惊，上前把马扯住，进的里面。三官坐下，王定一家拜见了。三官就问："我老爷安么"王定说："安。""大叔、二叔、姑爷、姑娘何如？"王定说："俱安。"又问："你听得老爷说我家来，他要怎么处？"王定不言，长吁一口气，只看看天。三官就知其意："你不言语，想是老爷要打死我？"王定说："三叔！老爷誓不留你，今番不要见老爷了。私去看看老奶奶和姐姐、兄嫂，讨些盘费，他方去安身罢！"公子又问："老爷这二年与何人相厚？央他来与我说个人情。"王定说："无人敢说。只除是姑娘姑爹，意思间稍题题，也不敢直说。"三官道："王定，你去请姑爹来，我与他讲这件事。"

王定即时去请刘斋长、何上舍到来，叙礼毕，何、刘二位说："三舅，你在此，等俺两个与咱爷讲过，使人来叫你。若不依时，捎信与你，作速逃命。"二人说罢，竟往潭府来见了王尚书。坐下，茶罢，王爷问何上舍："田庄好么？"上舍答道："好。"王爷又问刘斋长："学业何如？"答说："不敢，连日有事，不得读书。"王爷笑道："'读书过万卷，下笔如有神。'秀才将何为本？'家无读书子，官从何处来？'今后须宜勤学，不可将光阴错过。"刘斋长唯唯谢教。

何上舍问："客位前这墙几时筑的？一向不见。"王爷笑曰："我年大了，无多田产，日后恐怕大的二的争竞，预先分为两分。"二人笑说："三分家事，如何只做两分？三官回来，叫他那里住？"王爷闻说，心中大恼："老夫平生两个小儿，那里又有第三个？"二人齐声叫："爷，你如何不疼三官王景隆？当初还是爷不是，托他在北京讨帐，无有一个去接寻。休说三官十六七岁，北京是花柳之所，就是久惯江湖，也迷了心。"二人双膝跪下，掉下泪来。王爷说："没下梢的狗畜生，不知死在那里了，再休题起了！"

正说间，二位姑娘也到。众人都知三官到家，只哄着王爷一人。王爷说："今日不请都来，想必有甚事情？"即叫家奴摆酒。何静庵欠身打一躬曰："你闺女昨晚作一梦，梦三官王景隆身上蓝缕，叫他姐姐救他性命。三更鼓做了这个梦，半夜捶床捣枕哭到天明，埋怨着我不接三官，今日特来问问三舅的信音。"刘心斋亦说："自三舅在京，我夫妇日夜不安，今我与姨夫凑些盘费，明日起身去接他回来。"王爷含泪道："贤婿，家中还有两个儿子，无他又待怎生？"何、刘二人往外就走。王爷向前扯住，问："贤婿何故起身？"二人说："爷撒手，你家亲生子还是如此，何况我女婿也？"大小儿女放声大哭，两个哥哥一齐下跪，女婿也跪在地上，奶奶在后边掉下泪来。引得王爷心动，亦哭起来。

王定跑出来说："三叔，如今老爷在那里哭你，你好过去见老爷，不要待等恼了。"王定推着公子进前厅跪下，说："爹爹！不孝儿王景隆今日回了。"那王爷两手擦了泪眼，说："那无耻畜生，不知死的往那里去了。北京城街上最多游食光棍，偶与畜生面庞厮像，假充畜生来家，哄骗我财物。可叫小厮拿送三法司问罪！"那公子往外就走。二位姐姐赶至二门首拦住说："短命的，你待往那里去？"三官说："二位姐姐，开放条路与我逃命罢！"二位姐姐不肯撒手，推至前来双膝跪下，两个姐姐手指说："短命的！娘为你痛得肝肠碎，一家大小为你哭得眼花，那个不牵挂！"众人哭在伤情处，王爷一声喝住众人不要哭，说："我依着二位姐夫，收了这畜生，可叫我怎么处他？"众人说："消消气再处。"王爷摇头。

奶奶说："凭我打罢。"王爷说："可打多少？"众人说；"任爷爷打多少？"王爷道："须依我说，不可阻我，要打一百。"大姐二姐跪下说："爹爹严命，不敢阻当，容你儿待替罢！"大哥二哥每人替上二十，大姐二姐每人亦替二十。王爷说："打他二十。"大姐二姐说："叫他姐夫也替他二十。只看他这等黄瘦，一棍扫在那里？等他膘满肉肥，那时打他不迟。"王爷笑道："我儿，你也说得是。想这畜生，天理已绝，良心已丧，打他何益？我问你：'家无生活计，不怕斗量金。'我如今又不做官了，无处挣钱，作何生意以为糊口之计？要做买卖，我又无本钱与你。二位姐夫问他那银子还有多少？"何、刘便问三舅："银子还有多少？"

王定抬过皮箱打开，尽是金银首饰器皿等物。王爷大怒，骂："狗畜生！你在那里偷的这东西？快写首状，休要玷辱了门庭！"三官高叫："爹爹息怒，听不肖儿一言。"遂将初遇玉堂春，后来被鸨儿如何哄骗尽了，如何亏了王银匠收留，又亏了金哥报信，玉堂春私将银两赠我回乡，这些首饰器皿皆玉堂春所赠，备细述了一遍。王爷听说骂道："无耻狗畜生！自家三万银子都花了，却要娼妇的东西，可不羞杀了人。"三官说："儿不曾强要他的，是他情愿与我的。"王爷说："这也罢了。看你姐夫面上，与你一个庄子，你自去耕地布种。”公子不言。王爷怒道：“王景隆，你不言怎么说？”公子说：“这事不是孩儿做的。”王爷说：“这事不是你做的，你还去嫖院罢！”三官说：“儿要读书。”王爷笑曰：“你已放荡了，心猿意马，读甚么书？”公子说：“孩儿此回笃志用心读书。”王爷说：“既知读书好，缘何这等胡为？”何静庵立起身来说：“三舅受了艰难苦楚，这下来改过迁善，料想要用心读书。”王爷说：“就依你众人说，送他到书房里去，叫两个小厮去伏侍他。”即时就叫小厮送三官往书院里去。两个姐夫又来说：“三舅久别，望老爷留住他，与小婿共饮则可。”王爷说：“贤婿，你如此乃非教子之方，休要纵他。”二人道：“老爷言之最善。”于是翁婿大家痛饮，尽醉方归。这一出父子相会，分明是：

月被云遮重露彩，花遭霜打又逢春。

却说公子进了书院，清清独坐，只见满架诗书，笔山砚海，叹道：“书呵！相别日久，且是生涩。欲待不看，焉得一举成名，却不辜负了玉姐言语？欲待读书，心猿放荡，意马难收。”公子寻思一会，拿着书来读了一会。心下只是想着玉堂春。忽然鼻闻甚气，耳闻甚声，乃问书童道：“你闻这书里甚么气？听听甚么响？”书童说：“三叔，俱没有。”公子道：“没有？呀，原来鼻闻乃是脂粉气，耳听即是筝板声。”公子一时思想起来：“玉姐当初嘱咐我是甚么话来？叫我用心读书。我如今未曾读书，心意还丢他不下，坐不安，寝不宁，茶不思，饭不想，梳洗无心，神思恍忽。”公子自思：“可怎么处他？”走出门来，只见大门上挂着一联对子：“‘十年受尽窗前苦，一举成名天下闻。’这是我公公作下的对联。他中举会试，官至侍郎。后来咱爹爹在此读书，官到尚书。我今在此读书，亦要攀龙附凤，以继前人之志。”又见二门上有一联对子："不受苦中苦，难为人上人。"公子急回书房，看见《风月机关》《洞房春意》，公子自思："乃是二书乱了我的心。"将一火而焚之。破镜分钗，俱将收了。心中回转，发志勤学。

一日书房无火，书童往外取火。王爷正坐，叫书童。书童近前跪下。王爷便问："三叔这一会用功不曾？"书童说："禀老爷得知，我三叔先时通不读书，胡思乱想，体瘦如柴。这半年整日读书，晚上读至三更方才睡，五更就起，直至饭后，方才梳洗。口虽吃饭，眼不离书。"王爷道："奴才！你好说谎，我亲自去看他。"书童叫："三叔，老爷来了。"公子从从容容迎接父亲，王爷暗喜。观他行步安详，可以见他学问。王爷正面坐下，公子拜见。王爷曰："我限的书你看了不曾？我出的题你做了多少？"公子说："爹爹严命，限儿的书都看了，题目都做完了，但有余力旁观子史。"王爷说："拿文字来我看。"公子取出文字。王爷看他所作文课，一篇强如一篇，心中甚喜，叫："景隆，去应个儒士科举罢。"公子说："儿读了几日书，敢望中举？"王爷说："一遭中了虽多，两遭中了甚广。出去观观场，下科好中。"王爷就写书与提学察院，许公子科举。

竟到八月初九日，进过头场，写出文字与父亲看。王爷喜道："这七篇，中有何难？"到二场三场俱完，王爷又看他后场，喜道："不在散举，决是魁解[13]。"

话分两头。却说玉姐自上了百花楼，从不下梯。是日闷倦，叫丫头："拿棋子过来，我与你下盘棋。"丫头说："我不会下。"玉姐说："你会打双陆[14]么？"丫头说："也不会。"玉姐将棋盘双陆一皆撇在楼板上。丫头见玉姐眼中掉泪，即忙掇过饭来，说："姐姐，自从昨晚没用饭，你吃个点心。"玉姐拿过分为两半，右手拿一块吃，左手拿一块与公子。丫头欲接又不敢接。玉姐猛然睁眼见不是公子，将那一块点心掉在楼板上。丫头又忙掇过一碗汤来，说：“饭干燥，吃些汤罢。”玉姐刚呷得一口，泪如涌泉，放下了，问：“外边是甚么响？”丫头说：“今日中秋佳节，人人玩月，处处笙歌，俺家翠香、翠红姐都有客哩！”玉姐听说，口虽不言，心中自思：“哥哥今已去了一年了。”叫丫头拿过镜子来照了一照，猛然唬了一跳，“如何瘦的我这模样？”把那镜丢在床上，长吁短叹，走至楼门前，叫丫头：“拿椅子过来，我在这里坐一坐。”坐了多时，只见明月高升，谯楼[15]鼓转，玉姐叫丫头：“你可收拾香烛过来。今日八月十五日，乃是你姐夫进三场日子，我烧一炷香保佑他。”玉姐下楼来，当天井跪下，说：“天地神明，今日八月十五日，我哥王景隆进了三场，愿他早占鳌头，名扬四海。”祝罢，深深拜了四拜。有诗为证：

对月烧香祷告天，何时得泄腹中冤。
王郎有日登金榜，不枉今生结好缘。

却说西楼上有个客人，乃山西平阳府洪同县人，拿有整万银子，来北京贩马。这人姓沈名洪，因闻玉堂春大名，特来相访。老鸨见他有钱，把翠香打扮当作玉姐。相交数日，沈洪方知不是，苦求一见。

是夜丫头下楼取火，与玉姐烧香。小翠红忍不住多嘴，就说了：“沈姐夫，你每日间想玉姐，今夜下楼在天井内烧香，我和你悄悄地张他。”沈洪将三钱银子买嘱了丫头，悄然跟到楼下，月明中，看得仔细。等他拜罢，趋出唱喏。玉姐大惊，问：“是甚么人？”答道：“在下是山西沈洪，有数万本钱，在此贩马。久慕玉姐大名，未得面睹，今日得见，如拨云雾见青天。望玉姐不弃，同到西楼一会。”玉姐怒道：“我与你素不相识，今当夤夜[16]，何故自夸财势，妄生事端？”沈洪又哀告道：“王三官也只是个人，我也是个人。他有钱，我亦有钱，那些儿强似我？”说罢，就上前要搂抱玉姐。被玉姐照脸啐一口，急急上楼关了门，骂丫头：“好大胆，如何放这野狗进来？”沈洪没意思自去了。玉姐思想起来，分明是小翠香、小翠红这两个奴才报他，又骂：“小淫妇，小贱人，你接着得意孤老也好了，怎该来啰唣我？”骂了一顿，放声悲哭：“但得我哥哥在时，那个奴才敢调戏我！”又气又苦，越想越毒。正是：

可人去后无日见，俗子来时不待招。

却说三官在南京乡试终场，闲坐无事，每日只想玉姐。南京一般也有本司院，公子再不去走。到了二十九关榜之日，公子想到三更以后，方才睡着。外边报喜的说：“王景隆中了第四名。”三官梦中闻信，起来梳洗，扬鞭上马，前拥后簇，去赴鹿鸣宴[17]。父母兄嫂、姐夫姐姐，喜做一团，连日做庆贺筵席。公子谢了主考，辞了提学，坟前祭扫了，起了文书：“禀父母得知，儿要早些赴京，到僻静去处安下，看书数月，好入会试。”父母明知公子本意牵挂玉堂春，中了举，只得依从，叫大哥二哥来：“景隆赴京会试，昨日祭扫，有多少人情？”大哥说：“不过三百余两。”王爷道：“那只勾他人情的，分外再与他一二百两拿去。”二哥说：“禀上爹爹，用不得许多银子。”王爷说：“你那知道，我那同年门生在京颇多，往返交接，非钱不行。等他手中宽裕，读书也有兴。”叫景隆收拾行装，有知心同年，约上两三位。分付家人到张先生家看了良辰。公子恨不的一时就到北京。邀了几个朋友，雇了一只船，即时拜了父母，辞别兄嫂。两个姐夫邀亲朋至十里长亭，酌酒作别。公子上的船来，手舞足蹈，莫知所之。众人不解其意，他心里只想着玉姐玉堂春。不则一日到了济宁府，舍舟起旱[18]，不在话下。

再说沈洪自从中秋夜见了玉姐，到如今朝思暮想，废寝忘餐，叫声："二位贤姐，只为这冤家害的我一丝两气，七颠八倒。望二位可怜我孤身在外，举眼无亲，替我劝化玉姐，叫他相会一面，虽死在九泉之下，也不敢忘了二位活命之恩。"说罢，双膝跪下。翠香、翠红说："沈姐夫，你且起来，我们也不敢和他说这话。你不见中秋夜骂的我们不耐烦。等俺妈妈来，你央浼[19]他。"沈洪说："二位贤姐，替我请出妈妈来。"翠香姐说："你跪着我，再磕一百二十个大响头。"沈洪慌忙跪下磕头。翠香即时就去，将沈洪说的言语述与老鸨。

老鸨到西楼见了沈洪，问："沈姐夫唤老身何事？"沈洪说："别无他事，只为不得玉堂春到手。你若帮衬我成就了此事，休说金银，便是杀身难报。"老鸨听说，口内不言，心中自思："我如今若许了他，倘三儿不肯，教我如何？若不许他，怎哄出他的银子？"沈洪见老鸨踌躇不语，便看翠红。翠红丢了一个眼色，走下楼来。沈洪即跟他下去。翠红说："常言'姐爱俏，鸨爱钞'，你多拿些银子出来打动他，不愁他不用心。他是使大钱的人，若少了，他不放在眼里。"沈洪说："要多少？"翠香说："不要少了！就把一千两与他，方才成得此事。"也是沈洪命运该败，浑如鬼迷一般，即依着翠香，就拿一千两银子来，叫："妈妈，财礼在此。"老鸨说："这银子老身权收下。你却不要性急，待老身慢慢的偎他。"沈洪拜谢说："小子悬悬而望。"正是：

请下烟花诸葛亮，欲图风月玉堂春。

且说十三省乡试榜都到午门外张挂，王银匠邀金哥说："王三官不知中了不曾？"两个跑在午门外南直隶榜下，看解元是《书经》，往下第四个乃王景隆。王匠说："金哥，好了！三叔已中在第四名。"金哥道："你看看的确，怕你认不得字。"王匠说："你说话好欺人，我读书读到《孟子》，难道这三个字也认不得？随你叫谁看！"金哥听说大喜。

二人买了一本乡试录，走到本司院里去报玉堂春说："三叔中了！"玉姐叫丫头将试录拿上楼来，展开看了，上刊"第四名王景隆"，注明"应天府儒士，《礼记》"。玉姐步出楼门，叫丫头忙排香案，拜谢天地。起来先把王匠谢了，转身又谢金哥。

唬得亡八鸨子魂不在体，商议说："王三中了举，不久到京，白白地要了玉堂春去，可不人财两失？三儿向他孤老，决没甚好言语，搬斗是非，教他报往日之仇。此事如何了？"鸨子说："不若先下手为强。"亡八说："怎么样下手？"老鸨说："咱已收了沈官人一千两银子，如今再要了他一千，贱些价钱卖与他罢。"亡八道："三儿不肯如何？"鸨子说："明日杀猪宰羊，买一桌纸钱。假说东岳庙看会，烧了纸，说了誓，合家从良，再不在烟花巷里。小三若闻知从良一节，必然也要往岳庙烧香。叫沈官人先安轿子，径抬往山西去。公子那时就来，不见他的情人，心下就冷了。"亡八说："此计大妙。"即时暗暗地与沈洪商议，又要了他一千银子。

次早，丫头报与玉姐："俺家杀猪宰羊，上岳庙哩。"玉姐问："为何？"丫头道："听得妈妈说：'为王姐夫中了，恐怕他到京来报仇，今日发愿，合家从良。'"玉姐说："是真是假？"丫头说："当真哩！昨日沈姐夫都辞去了。如今再不接客了。"玉姐说："既如此，你对妈妈说，我也要去烧香。"老鸨说："三姐，你要去，快梳洗，我唤轿儿抬你。"玉姐梳妆打扮，同老鸨出的门来。正见四个人，抬着一顶空轿。老鸨便问："此轿是雇的？"这人说："正是。"老鸨说："这里到岳庙要多少雇价？"那人说："抬去抬来，要一钱银子。"老鸨说："只是五分。"那人说："这个事小，请老人家上轿。"老鸨说："不是我坐，是我女儿要坐。"玉姐上轿，那二人抬着，不往东岳庙去，径往西门去了。

走有数里，到了上高转折去处，玉姐回头，看见沈洪在后骑着个骡子。玉姐大叫一声："呸！想是亡八鸨子盗卖我了？"玉姐大骂："你这些贼狗奴，抬我往那里去？"沈洪说："往那里去？我为你去了二千两银子，买你往山西家去。"玉姐在轿中号啕大哭，骂声不绝。那轿夫抬了飞也似走。行了一日，天色已晚。沈洪寻了一座店房，排合卺[20]美酒，指望洞房欢乐。谁知玉姐题着便骂，触着便打。沈洪见店中人多，恐怕出丑，想道："瓮中之鳖，不怕他走了。权耐几日，到我家中，何愁不从。"于是反将好话奉承，并不去犯他。玉姐终日啼哭，自不必说。

却说公子一到北京，将行李上店，自己带两个家人，就往王银匠家，探问玉堂春消息。王匠请公子坐下："有见成酒，且吃三杯接风，慢慢告诉。"王匠就拿酒来斟上。三官不好推辞，连饮了三杯，又问："玉姐敢不知我来？"王匠叫："三叔开怀，再饮三杯。"三官说："勾了，不吃了。"王匠说："三叔久别，多饮几杯，不要太谦。"公子又饮了几杯，问："这几日曾见玉姐不曾？"王匠又叫："三叔且莫问此事，再吃三杯。"公子心疑，站起说："有甚或长或短，说个明白，休闷死我也！"王匠只是劝酒。

却说金哥在门首经过，知道公子在内，进来磕头叫喜。三官问金哥："你三婶近日何如？"金哥年幼多嘴，说："卖了。"三官急问说："卖了谁？"王匠瞅了金哥一眼，金哥缩了口。公子坚执盘问，二人瞒不过，说："三婶卖了。"公子问："几时卖了？"王匠说："有一个月了。"公子听说，一头撞在尘埃。二人忙扶起来。公子问金哥："卖在那里去了？"金哥说："卖与山西客人沈洪去了。"三官说："你那三婶就怎么肯去？"金哥叙出："鸨儿假意从良，杀猪宰羊上岳庙，哄三婶同去烧香。私与沈洪约定，雇下轿子抬去，不知下落。”

公子说：“亡八盗卖我玉堂春，我与他算帐！”那时叫金哥跟着，带领家人，径到本司院里。进的院门，亡八眼快，跑去躲了。公子问众丫头：“你家玉姐何在？”无人敢应。公子发怒，房中寻见老鸨，一把揪住，叫家人乱打。金哥劝住。公子就走在百花楼上，看见锦帐罗帏，越加怒恼，把箱笼尽行打碎，气得痴呆了，问丫头：“你姐姐嫁那家去了？可老实说，饶你打。”丫头说：“去烧香，不知道就偷卖了他。”公子满眼落泪，说：“冤家，不知是正妻，是偏妾？”丫头说：“他家里自有老婆。”公子听说，心中大怒，恨骂：“亡八淫妇，不仁不义！”丫头说：“他今日嫁别人去了，还疼他怎的？”公子满眼流泪。

正说间，忽报朋友来访。金哥劝：“三叔休恼，三婶一时不在了，你纵然哭他，他也不知道。今有许多相公在店中相访，闻公子在院中，都要来。”公子听说，恐怕朋友笑话，即便起身回店。公子心中气闷，无心应举，意欲束装回家。朋友闻知，都来劝说：“顺卿兄，功名是大事，表子是末节，那里有为表子而不去求功名之理？”公子说：“列位不知，我奋志勤学，皆为玉堂春的言语激我。冤家为我受了千辛万苦，我怎肯轻舍？”众人叫：“顺卿兄，你倘联捷[21]，幸在彼地，见之何难？你若回家，忧虑成病，父母悬心，朋友笑耻，你有何益？”三官自思言之最当，倘或侥幸，得到山西，平生愿足矣。数言劝醒公子。

会试日期已到，公子进了三场，果中金榜二甲第八名，刑部观政。三个月，选了真定府理刑官，即遣轿马迎请父母兄嫂。父母不来，回书说：“教他做官勤慎公廉。念你年长未娶，已聘刘都堂之女，不日送至任所成亲。”公子一心只想着玉堂春，全不以聘娶为喜。正是：

已将路柳为连理，翻把家鸡作野鸳。

且说沈洪之妻皮氏，也有几分颜色，虽然三十余岁，比二八少年，也还风骚。平昔间嫌老公粗蠢，不会风流，又出外日多，在家日少。皮氏色性太重，打熬不过。间壁有个监生，姓赵名昂，自幼惯走花柳场中，为人风月，近日丧偶。虽然是纳粟[22]相公，家道已在消乏一边。一日，皮氏在后园看花，偶然撞见赵昂，彼此有心，都看上了。赵昂访知巷口做歇家的王婆，在沈家走动识熟，且是利口，善于做媒说合，乃将白银二十两，贿赂王婆，央他通脚[23]。皮氏平昔间不良的口气，已有在王婆肚里。况且今日你贪我爱，一说一上，幽期密约，一墙之隔，梯上梯下，做就了一点不明不白的事。赵昂一者贪皮氏之色，二者要骗他钱财，枕席之间，竭力奉承。皮氏心爱赵昂，但是开口，无有不从，恨不得连家当都津贴了他。不上一年，倾囊倒箧，骗得一空。初时只推事故，暂时那借，借去后，分毫不还。皮氏只愁老公回来盘问时，无言回答。一夜与赵昂商议，欲要跟赵昂逃走他方。赵昂道："我又不是赤脚汉，如何走得？便走了，也不免吃官司。只除暗地谋杀了沈洪，做个长久夫妻，岂不尽美？"皮氏点头不语。

却说赵昂有心打听沈洪的消息，晓得他讨了院妓玉堂春一路回来，即忙报与皮氏知道，故意将言语触恼皮氏。皮氏怨恨不绝于声，问："如今怎么样对付他说好？"赵昂道："一进门时，你便数他不是，与他寻闹，叫他领着娼根[24]另住，那时凭你安排了。我央王婆赎得些砒霜在此，觑便放在食器内，把与他两个吃，等他双死也罢，单死也罢。"皮氏说："他好吃的是辣面。"赵昂说："辣面内正好下药。"两人圈套已定，只等沈洪入来。

不一日，沈洪到了故乡，叫仆人和玉姐暂停门外，自己先进门，与皮氏相见，满脸陪笑说："大姐休怪，我如今做了一件事。”皮氏说：“你莫不是娶了个小老婆？”沈洪说：“是了。”皮氏大怒，说：“为妻的整年月在家守活孤孀，你却花柳快活，又带这泼淫妇回来，全无夫妻之情。你若要留这淫妇时，你自在西厅一带住下，不许来缠我。我也没福受这淫妇的拜，不安他来。”昂然说罢，啼哭起来，拍台拍凳，口里“千亡八，万淫妇”骂不绝声。沈洪劝解不得，想道：“且暂时依他言语在西厅住几日，落得受用。等他气消了时，却领玉堂春与他磕头。”沈洪只道浑家是吃醋，谁知他有了私情，又且房计空虚了，正怕老公进房，借此机会，打发他另居。正是：

你向东时我向西，各人有意自家知。

不在话下。

却说玉堂春曾与王公子设誓，今番怎肯失节于沈洪，腹中一路打稿：“我若到这厌物家中，将情节哭诉他大娘子，求他做主，以全节操。慢慢的寄信与三官，教他将二千两银子来赎我去，却不好。”及到沈洪家里，闻知大娘不许相见，打发老公和他往西厅另住，不遂其计，心中又惊又苦。沈洪安排床帐在厢房，安顿了苏三。自己却去窝伴皮氏，陪吃夜饭。被皮氏三回五次催赶，沈洪说：“我去西厅时，只怕大娘着恼。”皮氏说：“你在此，我反恼；离了我眼睛，我便不恼。”沈洪唱个淡喏，谢声：“得罪。”出了房门，径望西厅而来。原来玉姐乘着沈洪不在，检出他铺盖撇在厅中，自己关上房门自睡了。任沈洪打门，那里肯开。却好皮氏叫小段[25]名到西厅看老公睡也不曾。沈洪平日原与小段名有情，那时扯在铺上，草草合欢，也当春风一度。事毕，小段名自去了。沈洪身子困倦，一觉睡去直至天明。

却说皮氏这一夜等赵昂不来，小段名回后，老公又睡了。翻来覆去，一夜不曾合眼。天明早起，赶下一轴面，煮熟分作两碗，皮氏悄悄把砒霜撒在面内，却将辣汁浇上，叫小段名送去西厅："与你爹爹吃。"小段名送至西厅，叫道："爹爹，大娘欠你，送辣面与你吃。"沈洪见得两碗，就叫："我儿，送一碗与你二娘吃。"小段名便去敲门。玉姐在床上问："做甚么？"小段名说："请二娘起来吃面。"玉姐道："我不要吃。"沈洪说："想是你二娘还要睡，莫去闹他。"沈洪把两碗都吃了，须臾而尽。小段名收碗去了。

沈洪一时肚疼，叫道："不好了，死也死也！"玉姐还只认假意，看着声音渐变，开门出来看时，只见沈洪九窍流血而死。正不知甚么缘故，慌慌的高叫："救人！"只听得脚步响，皮氏早到，不等玉姐开言，就变过脸，故意问道："好好的一个人，怎么就死了？想必你这小淫妇弄死了他，要去嫁人！"玉姐说："那丫头送面来，叫我吃，我不要吃，并不曾开门。谁知他吃了，便肚疼死了。必是面里有些缘故。"皮氏说："放屁！面里若有缘故，必是你这小淫妇做下的。不然，你如何先晓得这面是吃不得的，不肯吃？你说并不曾开门，如何却在门外？这谋死情由，不是你，是谁？"说罢，假哭起"养家的天"来。家中僮仆养娘都乱做一堆。皮氏就将三尺白布摆头，扯了玉姐往知县处叫喊。

正直王知县升堂，唤进问其缘故。皮氏说："小妇人皮氏。丈夫叫沈洪，在北京为商，用千金娶这娼妇，叫做玉堂春为妾。这娼妇嫌丈夫丑陋，因吃辣面，暗将毒药放入，丈夫吃了，登时身死。望爷爷断他偿命。"王知县听罢，问："玉堂春，你怎么说？"玉姐说："爷爷，小妇人原籍北直隶大同府人氏。只因年岁荒旱，父亲把我卖在本司院苏家。卖了三年后，沈洪看见，娶我回家。皮氏嫉妒，暗将毒药藏在面中，毒死丈夫性命。反倚刁泼，展赖小妇人。"知县听玉姐说了一会，叫："皮氏，想你见那男子弃旧迎新，你怀恨在心，药死亲夫，此情理或有之。"皮氏说："爷爷，我与丈夫从幼的夫妻，怎忍做这绝情的事！这苏氏原是不良之妇，别有个心上之人，分明是他药死，要图改嫁。望青天爷爷明镜。”知县乃叫苏氏：“你过来。我想你原系娼门，你爱那风流标致的人，想是你见丈夫丑陋，不趁你意，故此把毒药药死是实。”叫皂隶[26]：“把苏氏与我夹起来！”玉姐说：“爷爷！小妇人虽在烟花巷里，跟了沈洪又不曾难为半分，怎下这般毒手？小妇人果有恶意，何不在半路谋害？既到了他家，他怎容得小妇人做手脚？这皮氏昨夜就赶出丈夫，不许他进房。今早的面，出于皮氏之手，小妇人并无干涉。”王知县见他二人各说有理，叫皂隶暂把他二人寄监：“我差人访实再审。”二人进了南牢不题。

却说皮氏差人密密传与赵昂，叫他快来打点。赵昂拿着沈家银子，与刑房吏一百两，书手八十两，掌案的先生五十两，门子五十两，两班皂隶六十两，禁子每人二十两，上下打点停当。封了一千两银子，放在坛内，当酒送与王知县。知县受了。

次日清晨升堂，叫皂隶把皮氏一起提出来。不多时到了，当堂跪下。知县说：“我夜来一梦，梦见沈洪说：‘我是苏氏药死，与那皮氏无干。’”玉堂春正待分辨，知县大怒，说：“人是苦虫，不打不招。”叫皂隶：“与我拶[27]起着实打！问他招也不招？他若不招，就活活敲死！”玉姐熬刑不过，说：“愿招。”知县说：“放下刑具。”皂隶递笔与玉姐画供。知县说：“皮氏召保在外，玉堂春收监。”皂隶将玉姐手肘脚镣，带进南牢。禁子牢头都得了赵上舍银子，将玉姐百般凌辱。只等上司详允之后，就递罪状，结果他性命。正是：

安排缚虎擒龙计，断送愁鸾泣凤人。

且喜有个刑房吏姓刘名志仁，为人正直无私。素知皮氏与赵昂有好，都是王婆说合。数日前撞见王婆在生药铺内赎砒霜，说：“要药老鼠。”刘志仁就有些疑心。今日做出人命来，赵监生使着沈家不疼的银子来衙门打点，把苏氏买成死罪，天理何在？踌躇一会：“我下监去看看。”那禁子正在那里逼玉姐要灯油钱，志仁喝退众人，将温言宽慰玉姐，问其冤情。玉姐垂泪拜诉来历。志仁见四傍无人，遂将赵监生与皮氏私情及王婆赎药始末，细说一遍，分付：“你且耐心守困，待后有机会，我指点你去叫冤。日逐饭食，我自供你。”玉姐再三拜谢。禁子见刘志仁做主，也不敢则声。此话阁过不题。

却说公子自到真定府为官，举利除害，吏畏民悦。只是想念玉堂春，无刻不然。一日，正在烦恼，家人来报，老奶奶家中送新奶奶来了。公子听说，接进家小，见了新人，口中不言，心内自思：“容貌到也齐整，怎及得玉堂春风趣？”当时摆了合欢宴，吃下合卺杯。毕姻之际，猛然想起多娇：“当初指望白头相守，谁知你嫁了沈洪，这官诰却被别人承受了。”虽然陪伴了刘氏夫人，心里还想着玉姐，因此不快，当夜中了伤寒。又想当初与玉姐别时，发下誓愿，各不嫁娶。心下疑惑，合眼就见玉姐在傍。刘夫人遣人到处祈禳[28]，府县官都来问安，请名医切脉调治，一月之外，才得痊可。

公子在任年余，官声大著，行取到京。吏部考选天下官员。公子在部点名已毕，回到下处，焚香祷告天地，只愿山西为官，好访问玉堂春消息。须臾马上人来，报：“王爷点了山西巡按。”公子听说，两手加额[29]：“趁我平生之愿矣！”次日领了敕印辞朝，连夜起马，往山西省城上任讫。即时发牌，先出巡平阳府。公子到平阳府，坐了察院，观看文卷。见苏氏玉堂春问了重刑，心内惊慌：“其中必有蹺蹊。”随叫书吏过来：“选一个能干事的，跟着我私行采访。你众人在内，不可走漏消息。”

公子时下换了素巾青衣，随跟书吏，暗暗出了察院。雇了两个骡子，往洪同县路上来。这赶脚的小伙，在路上闲问："二位客官，往洪同县有甚贵干？"公子说："我来洪同县要娶个妾，不知谁会说媒？"小伙说："你又说娶小，俺县里一个财主，因娶了个小，害了性命。"公子问："怎的害了性命？"小伙说："这财主叫沈洪，妇人叫做玉堂春。他是京里娶来的。他那大老婆皮氏与那邻家赵昂私通，怕那汉子回来知道，一服毒药把沈洪药死了。这皮氏与赵昂反把玉堂春送到本县，将银买嘱官府衙门，将玉堂春屈打成招，问了死罪，送在监里。若不是亏了一个外郎，几时便死了。"公子又问："那玉堂春如今在监死了？"小伙说："不曾。"公子说："我要娶个小，你说可投着谁做媒？"小伙说："我送你往王婆家去罢，他极会说媒。"公子说："你怎知道他会说媒？"小伙说："赵昂与皮氏都是他做牵头。"公子说："如今下他家里罢。"小伙竟引到王婆家里，叫声："干娘，我送个客官在你家来。这客官要娶个小，你可与他说媒。"王婆说："累你，我赚了钱来谢你。"小伙自去了。

公子夜间与王婆攀话，见他能言快语，是个积年的马泊六[30]了。到天明，又到赵监生前后门看了一遍，与沈洪家紧壁相通，可知做事方便。回来吃了早饭，还了王婆店钱，说："我不曾带得财礼，到省下回来，再作商议。"公子出的门来，雇了骡子，星夜回到省城，到晚进了察院，不题。

次早，星火发牌，按临洪同县。各官参见过，分付就要审录。王知县回县，叫刑房吏书即将文卷审册，连夜开写停当，明日送审不题。却说刘志仁与玉姐写了一张冤状，暗藏在身。

到次日清晨，王知县坐在监门首，把应解犯人点将出来。玉姐披枷带锁，眼泪纷纷，随解子到了察院门首，伺候开门。巡捕官回风已毕，解审牌出。公子先唤苏氏一起。玉姐口称冤枉，探怀中诉状呈上。公子抬头见玉姐这般模样，心中凄惨，叫听事官接上状来。公子看了一遍，问说："你从小嫁沈洪？可还接了几年客？"玉姐说："爷爷！我从小接着一个公子，他是南京礼部尚书三舍人。"公子怕他说出丑处，喝声："住了！我今只问你谋杀人命事，不消多讲。"玉姐说："爷爷！若杀人的事，只问皮氏便知。"公子叫皮氏问了一遍，玉姐又说了一遍。公子分付刘推官道："闻知你公正廉能，不肯玩法徇私。我来到任，尚未出巡，先到洪同县访得这皮氏药死亲夫，累苏氏受屈。你与我把这事情用心问断。"说罢，公子退堂。

刘推官回衙，升堂，就叫："苏氏，你谋杀亲夫，是何意故？"王姐说："冤屈！分明是皮氏串通王婆，和赵监生合计毒死男子。县官要钱，逼勒成招，今日小妇拼死诉冤，望青天爷爷做主。"刘爷叫皂隶把皮氏采上来，问："你与赵昂奸情可真么？"皮氏抵赖没有。刘爷即时拿赵昂和王婆到来面对。用了一番刑法，都不肯招。刘爷又叫小段名："你送面与家主吃，必然知情！"喝教夹起。小段名说："爷爷，我说罢！那日的面，是俺娘亲手盛起，叫小妇人送与爹爹吃。小妇人送到西厅，爹叫新娘同吃。新娘关着门，不肯起身，回道'不要吃'，俺爹自家吃了，即时口鼻流血死了。"刘爷又问赵昂奸情，小段名也说了。赵昂说："这是苏氏买来的硬证。"

刘爷沉吟了一会，把皮氏这一起分头送监。叫一书吏过来："这起泼皮奴才，苦不肯招。我如今要用一计，用一个大柜，放在丹墀[31]内，凿几个孔儿。你执纸笔暗藏在内，不要走漏消息。我再提来问他，不招，即把他们锁在柜左柜右，看他有甚么说话，你与我用心写来。"刘爷分付已毕，书吏即办一大柜，放在丹墀，藏身于内。

刘爷又叫皂隶把皮氏一起提来再审，又问："招也不招？”赵昂、皮氏、王婆三人齐声哀告，说：“就打死小的那里招？”刘爷大怒，分付：“你众人各自去吃饭来，把这起奴才着实拷问。把他放在丹墀里，连小段名四人锁于四处，不许他交头擩耳。”皂隶把这四人锁在柜的四角。众人尽散。

却说皮氏抬起头来，四顾无人，便骂：“小段名！小奴才！你如何乱讲？今日再乱讲时，到家中活敲杀你。”小段名说：“不是夹得疼，我也不说。”王婆便叫：“皮大姐，我也受这刑杖不过，等刘爷出来，说了罢。”赵昂说：“好娘，我那些亏着你！倘捱出官司去，我百般孝顺你，即把你做亲母。”王婆说：“我再不听你哄我。叫我圆成了，认我做亲娘；许我两石麦，还欠八升；许我一石米，都下了糠批；段衣两套，止与我一条蓝布裙；许我好房子，不曾得住。你干的事，没天理，教我只管与你熬刑受苦！”皮氏说：“老娘，这遭出去，不敢忘你恩。捱过今日不招，便没事了。”柜里书吏把他说的话尽记了，写在纸上。

刘爷升堂，先叫打开柜子。书吏跑将出来，众人都唬软了。刘爷看了书吏所录口词，再要拷问，三人都不打自招。赵昂从头依直写得明白。各各画供已完，递至公案。刘爷看了一遍，问苏氏：“你可从幼为娼，还是良家出身？”苏氏将苏淮买良为贱，先遇王尚书公子，挥金三万；后被老鸨一秤金赶逐，将奴赚卖与沈洪为妾，一路未曾同睡，备细说了。刘推官情知王公子就是本院，提笔定罪：

皮氏凌迟处死，赵昂斩罪非轻。王婆赎药是通情，杖责段名示警。王县贪酷罢职，追赃不恕衙门。苏淮买良为贱合充军，一秤金三月立枷罪定。

刘爷做完申文，把皮氏一起俱已收监。次日亲捧招详，送解察院。公子依拟，留刘推官后堂待茶，问：“苏氏如何发放？”刘推官答言：“发还原籍，择夫另嫁。”公子屏去从人，与刘推官吐胆倾心，备述少年设誓之意：“今日烦贤府密地差人送至北京王银匠处暂居，足感足感！”刘推官领命奉行，自不必说。

却说公子行下关文，到北京本司院提到苏淮、一秤金依律问罪。苏淮已先故了。一秤金认得是公子，还叫：“王姐夫。”被公子喝教重打六十，取一百斤大枷枷号。不勾半月，呜呼哀哉！正是：

万两黄金难买命，一朝红粉已成灰。

再说公子一年任满，复命还京。见朝已过，便到王匠处问信。王匠说有金哥伏侍，在顶银胡同居住。公子即往顶银胡同，见了玉姐，二人放声大哭。公子已知玉姐守节之美，玉姐已知王御史就是公子，彼此称谢。公子说：“我父母娶了个刘氏夫人，甚是贤德，他也知道你的事情，决不妒忌。”当夜同饮同宿，浓如胶漆。次日，王匠、金哥都来磕头贺喜。公子谢二人昔日之恩，分付：本司院苏淮家当原是玉堂春置办的，今苏淮夫妇已绝，将遗下家财，拨与王匠、金哥二人管业，以报其德。上了个省亲本，辞朝和玉堂春起马共回南京。

到了自家门首，把门人急报老爷说：“小老爷到了。”老爷听说甚喜。公子进到厅上，排了香案，拜谢天地，拜了父母兄嫂，两位姐夫姐姐都相见了。又引玉堂春见礼已毕。玉姐进房，见了刘氏说：“奶奶坐上，受我一拜。”刘氏说：“姐姐怎说这话？你在先，奴在后。”玉姐说：“姐姐是名门宦家之子，奴是烟花，出身微贱。”公子喜不自胜。当日正了妻妾之分，姊妹相称，一家和气。公子又叫王定：“你当先在北京三番四复规谏我，乃是正理。我今与老爷说将你做老管家。”以百金赏之。

后来王景隆官至都御史，妻妾俱有子，至今子孙繁盛。有诗叹云：

郑氏元和已著名，三官嫖院是新闻。
风流子弟知多少，夫贵妻荣有几人？

【注释】

①愆：音迁。②斝：音甲，古代青铜制的酒器。③粉头：妓女。④小价：亦作“小介”，指仆人，或对己仆的谦称。⑤侑：音右，在筵席旁助兴，劝人吃喝。⑥二鼓，即二更。古代夜晚用鼓打更，因此二更天也称为二鼓。⑦科派：本同“科配”，谓官府摊派正项赋税外的临时加税。此犹言贪婪，肆意附加。⑧虔婆：妓院的鸨母。“虔”字在古代有强行索取之意。⑨亡八：乌龟或鳖的俗称，旧时指妓院里的管事。⑩寿圹：寿穴。圹，音旷，墓穴，亦指坟墓。⑪揨：音撑。⑫地方：甲长，地保。⑬魁解：又称解元，明清两代称乡试考取第一名的人。⑭双陆：古代博戏用具，也是一种棋盘游戏。⑮谯楼：城门上的瞭望楼。谯，音乔。⑯夤夜：通指寅时的黑夜，为凌晨3点至5点。⑰鹿鸣宴：科举制度中规定的一种宴会。起于唐代，明清沿用，于乡试放榜次日，宴请新科举人和内外帘官等，歌《诗经》中《鹿鸣》篇，司称“鹿鸣宴”。⑱起旱：走陆路。⑲浼：音美。⑳合卺：旧时结婚男女同杯饮酒之礼，后泛指结婚。卺，音仅，一种瓠瓜，味苦不可食，古代结婚时用作酒器的一种瓢。㉑联捷：谓科举考试中两科或三科接连及第。㉒纳粟：明清两代富家子弟捐纳财货进国子监为监生，可直接参加省城、京都的考试，故称纳粟。㉓通脚：做内线，传递消息。㉔娼根：指妓女。㉕叚：“假”的古字。作姓氏时，音瑕。㉖皂隶：指旧时衙门里的差役。㉗椤：同“拶”，音咂（逼迫义）或簪（上声，压紧义）。此处近后者。㉘禳：音壤，阳平。㉙加额：双手放置额前，为旧为祷祝仪式之一。㉚马泊六：亦作“马伯六”，指撮合男女搞不正当关系的人。㉛墀：音池，台阶上的空地，亦可指台阶。

白娘子永镇雷峰塔

山外青山楼外楼，西湖歌舞几时休？
暖风薰得游人醉，直把杭州作汴州。

话说西湖景致，山水鲜明。晋朝咸和年间，山水大发，汹涌流入西门。忽然水内有牛一头见，浑身金色。后水退，其牛随行至北山，不知去向。哄动杭州市上之人，皆以为显化。所以建立一寺，名曰金牛寺。西门，即今之涌金门，立一座庙，号金华将军。当时有一番僧，法名浑寿罗，到此武林郡云游，玩其山景，道："灵鹫山前小峰一座，忽然不见，原来飞到此处。"当时人皆不信。僧言："我记得灵鹫山前峰岭，唤做灵鹫岭。这山洞里有个白猿，看我呼出为验。"果然呼出白猿来。山前有一亭，今唤做冷泉亭。又有一座孤山，生在西湖中。先曾有林和靖先生在此山隐居，使人搬挑泥石，砌成一条走路，东接断桥，西接栖霞岭，因此唤作孤山路。又唐时有刺史白乐天，筑一条路，南至翠屏山，北至栖霞岭，唤做白公堤，不时被山水冲倒，不只一番，用官钱修理。后宋时，苏东坡来做太守，因见有这两条路，被水冲坏，就买木石，起人夫，筑得坚固。六桥上朱红栏杆，堤上栽种桃柳，到春景融和，端的十分好景，堪描入画。后人因此只唤做苏公堤。又孤山路畔，起造两条石桥，分开水势，东边唤做断桥，西边唤做西宁桥。真乃：

隐隐山藏三百寺，依稀云锁二高峰。

说话的，只说西湖美景，仙人古迹。俺今日且说一个俊俏后生，只因游玩西湖，遇着两个妇人，直惹得几处州城，闹动了花街柳巷。有分教才人把笔，编成一本风流话本。单说那子弟，姓甚名谁？遇着甚般样的妇人？惹出甚般样事？有诗为证：

清明时节雨纷纷，路上行人欲断魂。
借问酒家何处有，牧童遥指杏花村。

话说宋高宗南渡，绍兴年间，杭州临安府过军桥黑珠巷内，有一个宦家，姓李名仁。见做南廊阁子库募事官，又与邵太尉管钱粮。家中妻子有一个兄弟许宣，排行小乙[①]。他爹曾开生药店，自幼父母双亡，却在表叔李将仕家生药铺做主管，年方二十二岁。那生药店开在官巷口。忽一日，许宣在铺内做买卖，只见一个和尚来到门首，打个问讯道："贫僧是保叔塔寺内僧，前日已送馒头并卷子在宅上。今清明节近，追修祖宗，望小乙官到寺烧香，勿误！"许宣道："小子准来。"和尚相别去了。许宣至晚归姐夫家去。原来许宣无有老小，只在姐姐家住，当晚与姐姐说："今日保叔塔和尚来请烧箍子，明日要荐祖宗，走一遭了来。"

次日早起，买了纸马、蜡烛、经幡、钱垛一应等项，吃了饭，换了新鞋袜衣服，把箍子钱马，使条袱子包了，径到官巷口李将仕家来。李将仕见了，问许宣何处去。许宣道："我今日要去保叔塔烧箍子，追荐祖宗，乞叔叔容暇一日。"李将仕道："你去便回。"

许宣离了铺中，入寿安坊、花市街，过井亭桥，往清河街后铁塘门，行石函桥，过放生碑，径到保叔塔寺。寻见送馒头的和尚，忏悔过疏头[②]，烧了箍子，到佛殿上看众僧念经。吃斋罢，别了和尚，离寺迤逦[③]闲走，过西宁桥、孤山路、四圣观，来看林和靖坟，到六一泉闲走。不期云生西北，雾锁东南，落下微微细雨，渐大起来。正是清明时节，少不得天公应时，催花雨下，那阵雨下得绵绵不绝。许宣见脚下湿，脱下了新鞋袜，走出四圣观来寻船，不见一只。正没摆布处，只见一个老儿摇着一只船过来。许宣暗喜，认时正是张阿公，叫道："张阿公，搭我则个！"老儿听得叫，认时，原来是许小乙，将船摇近岸来，道："小乙官，着了雨，不知要何处上岸？许宣道："涌金门上岸。"这老儿扶许宣下船，离了岸，摇近丰乐楼来。

摇不上十数丈水面，只见岸上有人叫道："公公，搭船则个！"许宣看时，是一个妇人，头戴孝头髻，乌云畔插着些素钗梳，穿一领白绢衫儿，下穿一条细麻布裙。这妇人肩下一个丫鬟，身上穿着青衣服，头上一双角髻，戴两条大红头须，插着两件首饰，手中捧着一个包儿要搭船。那老张对小乙官道："'因风吹火，用力不多'，一发搭了他去。"许宣道："你便叫他下来。"老儿见说，将船傍了岸边。那妇人同丫鬟下船，见了许宣，起一点朱唇，露两行碎玉[4]，深深道一个万福。许宣慌忙起身答礼。

那娘子和丫鬟舱中坐定了。娘子把秋波频转，瞧着许宣。许宣平生是个老实之人，见了此等如花似玉的美妇人，傍边又是个俊俏美女样的丫鬟，也不免动念。那妇人道："不敢动问官人高姓尊讳？"许宣答道："在下姓许名宣，排行第一。"妇人道："宅上何处？"许宣道："寒舍住在过军桥黑珠儿巷，生药铺内做买卖。"那娘子问了一回，许宣寻思道："我也问他一问。"起身道："不敢拜问娘子高姓，潭府何处？"那妇人答道："奴家是白三班白殿直之妹，嫁了张官人，不幸亡过了，见葬在这雷岭。为因清明节近，今日带了丫鬟，往坟上祭扫了方回，不想值雨。若不是搭得官人便船，实是狼狈。"又闲讲了一回，迤逦船摇近岸。只见那妇人道："奴家一时心忙，不曾带得盘缠在身边，万望官人处借些船钱还了，并不有负。”许宣道：“娘子自便，不妨，些须船钱不必计较。”还罢船钱，那雨越不住。许宣晚了上岸。那妇人道：“奴家只在箭桥双茶坊巷口。若不弃时，可到寒舍拜茶，纳还船钱。”许宣道：“小事何消挂怀。天色晚了，改日拜望。”说罢，妇人共丫鬟自去。

许宣入涌金门，从人家屋檐下到三桥街，见一个生药铺，正是李将仕兄弟的店。许宣走到铺前，正见小将仕在门前。小将仕道：“小乙哥晚了，那里去？”许宣道：“便是去保叔塔烧簝子，着了雨，望借一把伞则个！”将仕见说，叫道：“老陈把伞来，与小乙官去。”不多时，老陈将一把雨伞撑开道：“小乙官，这伞是清湖八字桥老实舒家做的，八十四骨，紫竹柄的好伞，不曾有一些儿破，将去休坏了！仔细，仔细！”许宣道：“不必分付。”接了伞，谢了将仕，出羊坝头来。

到后市街巷口，只听得有人叫道：“小乙官人。”许宣回头看时，只见沈公井巷口小茶坊檐下，立着一个妇人，认得正是搭船的白娘子。许宣道：“娘子如何在此？”白娘子道：“便是雨不得住，鞋儿都踏湿了，教青青回家，取伞和脚下[⑤]。又见晚下来，望官人搭几步则个！”许宣和白娘子合伞到坝头道：“娘子到那里去？”白娘子道：“过桥投箭桥去。”许宣道：“小娘子，小人自往过军桥去，路又近了。不若娘子把伞将去，明日小人自来取。”白娘子道：“却是不当，感谢官人厚意！”许宣沿人家屋檐下冒雨回来，只见姐夫家当直[⑥]王安，拿着钉靴雨伞来接不着，却好归来。到家内吃了饭。当夜思量那妇人，翻来覆去睡不着。梦中共日间见的一般，情意相浓。不想金鸡叫一声，却是南柯一梦。正是：

心猿意马驰千里，浪蝶狂蜂闹五更。

到得天明，起来梳洗罢，吃了饭，到铺中，心忙意乱，做些买卖也没心想。到午时后，思量道："不说一谎，如何得这伞来还人？"当时许宣见老将仕坐在柜上，向将仕说道："姐夫叫许宣归早些，要送人情，请假半日。"将仕道："去了，明日早些来！"许宣唱个喏，径来箭桥双茶坊巷口，寻问白娘子家里。问了半日，没一个认得。

正踌躇间，只见白娘子家丫鬟青青从东边走来。许宣道："姐姐，你家何处住？讨伞则个。"青青道："官人随我来。"许宣跟定青青，走不多路，道："只这里便是。"许宣看时，见一所楼房，门前两扇大门，中间四扇看街槅子眼，当中挂顶细密朱红帘子，四下排着十二把黑漆交椅，挂四幅名人山水古画。对门乃是秀王府墙。那丫头转入帘子内道："官人请入里面坐。"许宣随步入到里面，那青青低低悄悄叫道："娘子，许小乙官人在此。"白娘子里面应道："请官人进里面拜茶。"许宣心下迟疑。青青三回五次，催许宣进去。许宣转到里面，只见四扇暗槅子窗，揭起青布幕，一个坐起，桌上放一盆虎须菖[7]蒲，两边也挂四幅美人，中间挂一幅神像，桌上放一个古铜香炉花瓶。那小娘子向前深深的道一个万福，道："夜来多蒙小乙官人应付周全，识荆[8]之初，甚是感激不浅。"许宣："些微何足挂齿！"白娘子道："少坐拜茶。"茶罢，又道："片时薄酒三杯，表意而已。"许宣方欲推辞，青青已自把菜蔬果品流水排将出来。许宣道："感谢娘子置酒，不当厚扰。"饮至数杯，许宣起身道："今日天色将晚，路远，小子告回。"娘子道："官人的伞，舍亲昨夜转借去了，再饮几杯，着人取来。"许宣道："日晚，小子要回。"娘子道："再饮一杯。"许宣道："饮馔好了，多感，多感！”白娘子道：“既是官人要回，这伞相烦明日来取则个。”许宣只得相辞了回家。

至次日，又来店中做些买卖。又推个事故，却来白娘子家取伞。娘子见来，又备三杯相款。许宣道：“娘子还了小子的伞罢，不必多扰。”那娘子道：“既安排了，略饮一杯。”许宣只得坐下。那白娘子筛一杯酒，递与许宣，启樱桃口，露榴子牙，娇滴滴声音，带着满面春风，告道：“小官人在上，真人面前说不得假话。奴家亡了丈夫，想必和官人有宿世姻缘，一见便蒙错爱，正是你有心，我有意。烦小乙官人寻一个媒证，与你共成百年姻眷，不枉天生一对，却不是好！”许宣听那妇人说罢，自己寻思：“真个好一段姻缘。若取得这个浑家，也不枉了。我自十分肯了，只是一件不谐：思量我日间在李将仕家做主管，夜间在姐夫家安歇，虽有些少东西，只好办身上衣服，如何得钱来娶老小？”自沉吟不答。只见白娘子道：“官人何故不回言语？”许宣道：“多感过爱，实不相瞒，只为身边窘迫，不敢从命！”娘子道：“这个容易！我囊中自有余财，不必挂念。”便叫青青道：“你去取一锭白银下来。”只见青青手扶栏杆，脚踏胡梯，取下一个包儿来，递与白娘子。娘子道：“小乙官人，这东西将去使用，少欠时再来取。”亲手递与许宣。许宣接得包儿，打开看时，却是五十两雪花银子。藏于袖中，起身告回，青青把伞来还了许宣。许宣接得相别，一径回家，把银子藏了。当夜无话。

明日起来，离家到官巷口，把伞还了李将仕。许宣将些碎银子买了一只肥好烧鹅、鲜鱼精肉、嫩鸡果品之类提回家来，又买了一樽酒，分付养娘丫鬟安排整下。那日却好姐夫李募事在家。饮馔俱已完备，来请姐夫和姐姐吃酒。李募事却见许宣请他，到吃了一惊，道："今日做甚么子坏钞[9]？日常不曾见酒盏儿面，今朝作怪！"三人依次坐定饮酒。酒至数杯，李募事道："尊舅，没事教你坏钞做甚么？"许宣道："多谢姐夫，切莫笑话，轻微何足挂齿。感谢姐夫姐姐管雇多时。一客不烦二主人，许宣如今年纪长成，恐虑后无人养育，不是了处。今有一头亲事在此说起，望姐夫姐姐与许宣主张，结果了一生终身，也好。"姐夫姐姐听得说罢，肚内暗自寻思道："许宣日常一毛不拔，今日坏得些钱钞，便要我替他讨老小？"夫妻二人，你我相看，只不回话。吃酒了，许宣自做买卖。

过了三两日，许宣寻思道："姐姐如何不说起？"忽一日，见姐姐问道："曾向姐夫商量也不曾？"姐姐道："不曾。"许宣道："如何不曾商量？"姐姐道："这个事不比别样的事，仓卒不得。又见姐夫这几日面色心焦，我怕他烦恼，不敢问他。"许宣道："姐姐你如何不上紧？这个有甚难处，你只怕我教姐夫出钱，故此不理。"许宣便起身到卧房中开箱，取出白娘子的银来，把与姐姐道："不必推故。只要姐夫做主。"姐姐道："吾弟多时在叔叔家中做主管，积攒得这些私房，可知道要娶老婆。你且去，我安在此。"

却说李募事归来，姐姐道："丈夫，可知小舅要娶老婆，原来自攒得些私房，如今教我倒换些零碎使用。我们只得与他完就这亲事则个。"李募事听得，说道："原来如此，得他积得些私房也好。拿来我看。"做妻的连忙将出银子递与丈夫。李募事接在手中，翻来复去，看了上面凿的字号，大叫一声："苦！不好了，全家是死！"那妻吃了一惊，问道："丈夫有甚么利害之事？"李募事道："数日前邵太尉库内封记锁押俱不动，又无地穴得入，平空不见了五十锭大银。见今着落临安府提捉贼人，十分紧急，没有头路得获，累害了多少人。出榜缉捕，写着字号锭数，‘有人捉获贼人银子者，赏银五十两；知而不首，及窝藏贼人者，除正犯外，全家发边远充军。’这银子与榜上字号不差，正是邵太尉库内银子。即今捉捕十分紧急，正是‘火到身边，顾不得亲眷，自可去拨’。明日事露，实难分说。不管他偷的借的，宁可苦他，不要累我。只得将银子出首，免了一家之害。”老婆见说了，合口不得，目睁口呆。当时拿了这锭银子，径到临安府出首。

那大尹闻知这话，一夜不睡。次日，火速差缉捕使臣何立。何立带了伙伴，并一班眼明手快的公人，径到官巷口李家生药店，提捉正贼许宣。到得柜边，发声喊，把许宣一条绳子绑缚了，一声锣，一声鼓，解上临安府来。正值韩大尹升厅，押过许宣当厅跪下，喝声："打！"许宣道："告相公不必用刑，不知许宣有何罪？"大尹焦躁道："真赃正贼，有何理说，还说无罪？邵太尉府中不动封锁，不见了一号大银五十锭。见有李募事出首，一定这四十九锭也在你处。想不动封皮，不见了银子，你也是个妖人！"不要押，喝教："拿些秽血来！"许宣方知是这事，大叫道："不是妖人，待我分说！"大尹道："且住，你且说这银子从何而来？"许宣将借伞讨伞的上项事，一一细说一遍。大尹道："白娘子是甚么样人？见住何处？"许宣道："凭他说是白三班白殿直的亲妹子，如今见住箭桥边，双茶坊巷口，秀王墙对黑楼子高坡儿内住。"那大尹随即便叫缉捕使臣何立，押领许宣，去双茶坊巷口捉拿本妇前来。

何立等领了钧旨，一阵做公的径到双茶坊巷口秀王府墙对黑楼子前看时：门前四扇看阶[10]，中间两扇大门，门外避藉陛[11]，坡前却是垃圾，一条竹子横夹着。何立等见了这个模样，到都呆了。当时就叫捉了邻人，上首是做花的丘大，下首是做皮匠的孙公。那孙公摆忙的吃他一惊，小肠气发，跌倒在地。众邻舍都走来道："这里不曾有甚么白娘子。这屋下五六年前有一个毛巡检，合家时病死了。青天白日，常有鬼出来买东西，无人敢在里头住。几日前，有个疯子立在门前唱喏。"

何立教众人解下横门竹竿，里面冷清清地，起一阵风，卷出一道腥气来。众人都吃了一惊，倒退几步。许宣看了，则声不得，一似呆的。做公的数中，有一个能胆大，排行第二，姓王，专好酒吃，都叫他做好酒王二。王二道："都跟我来！"发声喊一齐哄将入去，看时板壁、坐起、桌凳都有。来到胡梯边，教王二前行，众人跟着，一齐上楼。楼上灰尘三寸厚。众人到房门前，推开房门一望，床上挂着一张帐子，箱笼都有。只见一个如花似玉穿着白的美貌娘子，坐在床上。众人看了，不敢向前。众人道："不知娘子是神是鬼？我等奉临安大尹钧旨，唤你去与许宣执证公事。"那娘子端然不动。好酒王二道："众人都不敢向前，怎的是了？你可将一坛酒来，与我吃了，做我不着，捉他去见大尹。"众人连忙叫两三个下去提一坛酒来与王二吃。王二开了坛口，将一坛酒吃尽了，道："做我不着！"将那空坛望着帐子内打将去。不打万事皆休，才然打去，只听得一声响，却是青天里打一个霹雳，众人都惊倒了！起来看时，床上不见了那娘子，只见明晃晃一堆银子。众人向前看了道："好了。"计数四十九锭。众人道："我们将银子去见大尹也罢。"扛了银子，都到临安府。

何立将前事禀复了大尹。大尹道："定是妖怪了。也罢，邻人无罪回家。"差人送五十锭银子与邵太尉处，开个缘由，一一禀复过了。许宣照"不应得为而为之事理"，重者决杖，免刺，配牢城营做工，满日疏放。牢城营乃苏州府管下。李募事因出首许宣，心上不安，将邵太尉给赏的五十两银子尽数付与小舅作为盘费。李将仕与书二封，一封与押司范院长，一封与吉利桥下开客店的王主人。

许宣痛哭一场，拜别姐夫姐姐，带上行枷，两个防送人押着，离了杭州，到东新桥，下了航船。不一日，来到苏州。先把书会见了范院长并王主人。王主人与他官府上下使了钱，打发两个公人去苏州府，下了公文，交割了犯人，讨了回文，防送人自回。范院长、王主人保领许宣不入牢中，就在王主人门前楼上歇了。许宣心中愁闷，壁上题诗一首：

独上高楼望故乡，愁看斜日照纱窗。
平生自是真诚士，谁料相逢妖媚娘。
白白不知归甚处？青青岂识在何方？
抛离骨肉来苏地，思想家中寸断肠！

有话即长，无话即短。不觉光阴似箭，日月如梭，又在王主人家住了半年之上。忽遇九月下旬，那王主人正在门首闲立，看街上人来人往。只见远远一乘轿子，傍边一个丫鬟跟着，道：“借问一声，此间不是王主人家么？”王主人连忙起身道：“此间便是。你寻谁人？”丫鬟道：“我寻临安府来的许小乙官人。”主人道：“你等一等，我便叫他出来。”这乘轿子便歇在门前。王主人便入去，叫道：“小乙哥，有人寻你。”许宣听得，急走出来，同主人到门前看时，正是青青跟着，轿子里坐着白娘子。许宣见了，连声叫道：“死冤家！自被你盗了官库银子，带累我吃了多少苦，有屈无伸。如今到此地位，又赶来做甚么？可羞死人！”那白娘子道：“小乙官人不要怪我，今番特来与你分辩这件事。我且到主人家里面与你说。”

白娘子叫青青取了包裹下轿。许宣道："你是鬼怪，不许入来！"挡住了门不放他。那白娘子与主人深深道了个万福，道："奴家不相瞒，主人在上，我怎的是鬼怪？衣裳有缝，对日有影。不幸先夫去世，教我如此被人欺负。做下的事，是先夫日前所为，非干我事。如今怕你怨畅[12]我，特地来分说明白了，我去也甘心。"主人道："且教娘子入来坐了说。"那娘子道："我和你到里面对主人家的妈妈说。"门前看的人，自都散了。

许宣入到里面，对主人家并妈妈道："我为他偷了官银子事，如此如此，因此教我吃场官司。如今又赶到此，有何理说？"白娘子道："先夫留下银子，我好意把你，我也不知怎的来的？"许宣道："如何做公的捉你之时，门前都是垃圾，就帐子里一响不见了你？"白娘子道："我听得人说你为这银子捉了去，我怕你说出我来，捉我到官，妆幌子羞人不好看。我无奈何，只得走去华藏寺前姨娘家躲了；使人担垃圾堆在门前，把银子安在床上，央邻舍与我说谎。"许宣道："你却走了去，教我吃官事！"白娘子道："我将银子安在床上，只指望要好，那里晓得有许多事情？我见你配在这里，我便带了些盘缠，搭船到这里寻你。如今分说都明白了，我去也。敢是我和你前生没有夫妻之分！"那王主人道："娘子许多路来到这里，难道就去？且在此间住几日，却理会。"青青道："既是主人家再三劝解，娘子且住两日，当初也曾许嫁小乙官人。"白娘子随口便道："羞杀人，终不成奴家没人要？只为分别是非而来。"王主人道："既然当初许嫁小乙哥，却又回去？且留娘子在此。"打发了轿子，不在话下。

过了数日，白娘子先自奉承好了主人的妈妈。那妈妈劝主人与许宣说合，还定十一月十一日成亲，共百年谐老。光阴一瞬，早到吉日良时。白娘子取出银两，央王主人办备喜筵，二人拜堂结亲。酒席散后，共入纱厨。白娘子放出迷人声态，颠鸾倒凤，百媚千娇，喜得许宣如遇神仙，只恨相见之晚。正好欢娱，不觉金鸡三唱，东方渐白。正是：

欢娱嫌夜短，寂寞恨更长。

自此日为始，夫妻二人如鱼似水，终日在王主人家快乐昏迷缠定。

日往月来，又早半年光景。时临春气融和，花开如锦，车马往来，街坊热闹。许宣问主人家道："今日如何人人出去闲游，如此喧嚷？"主人道："今日是二月半，男子妇人都去看卧佛，你也好去承天寺里闲走一遭。"许宣见说，道："我和妻子说一声，也去看一看。"许宣上楼来，和白娘子说："今日二月半，男子妇人都去看卧佛，我也看一看就来。有人寻说话，回说不在家，不可出来见人。"白娘子道："有甚好看，只在家中却不好？看他做甚么？"许宣道："我去闲耍一遭就回。不妨。"

许宣离了店内，有几个相识，同走到寺里看卧佛。绕廊下各处殿上观看了一遭，方出寺来，见一个先生，穿着道袍，头戴逍遥巾，腰系黄丝绦，脚着熟麻鞋，坐在寺前卖药，散施符水。许宣立定了看。那先生道："贫道是终南山道士，到处云游，散施符水，救人病患灾厄，有事的向前来。"那先生在人丛中看见许宣头上一道黑气，必有妖怪缠他，叫道："你近来有一妖怪缠你，其害非轻！我与你二道灵符，救你性命。一道符三更烧，一道符放在自头发内。"许宣接了符，纳头便拜，肚内道："我也八九分疑惑那妇人是妖怪，真个是实。"谢了先生，径回店中。

至晚，白娘子与青青睡着了，许宣起来道："料有三更了！”将一道符放在自头发内，正欲将一道符烧化，只见白娘子叹一口气道：“小乙哥和我许多时夫妻，尚兀自不把我亲热，却信别人言语，半夜三更，烧符来压镇我！你且把符来烧看！”就夺过符来，一时烧化，全无动静。白娘子道：“却如何？说我是妖怪！”许宣道：“不干我事。卧佛寺前一云游先生，知你是妖怪。”白娘子道：“明日同你去看他一看，如何模样的先生。”

次日，白娘子清早起来，梳妆罢，戴了钗环，穿上素净衣服，分付青青看管楼上。夫妻二人，来到卧佛寺前。只见一簇人，团团围着那先生，在那里散符水。只见白娘子睁一双妖眼，到先生面前，喝一声：“你好无礼！出家人在我丈夫面前说我是一个妖怪，书符来捉我！”那先生回言：“我行的是五雷天心正法，凡有妖怪，吃了我的符，他即变出真形来。”那白娘子道：“众人在此，你且书符来我吃看！”那先生书一道符，递与白娘子。白娘子接过符来，便吞下去。众人都看，没些动静。众人道：“这等一个妇人，如何说是妖怪？”众人把那先生齐骂。那先生骂得口睁眼呆，半晌无言，惶恐满面。白娘子道：“众位官人在此，他捉我不得。我自小学得个戏术，且把先生试来与众人看。”只见白娘子口内喃喃的，不知念些甚么，把那先生却似有人擒的一般，缩做一堆，悬空而起。众人看了齐吃一惊。许宣呆了。娘子道：“若不是众位面上，把这先生吊他一年。”白娘子喷口气，只见那先生依然放下，只恨爹娘少生两翼，飞也似走了。众人都散了。夫妻依旧回来，不在话下。日逐盘缠，都是白娘子将出来用度。正是夫唱妇随，朝欢暮乐。

不觉光阴似箭，又是四月初八日，释迦佛生辰。只见街市上人抬着柏亭浴佛，家家布施。许宣对王主人道：“此间与杭州一般。”只见邻舍边一个小的，叫做铁头，道：“小乙官人，今日承天寺里做佛会，你去看一看。”许宣转身到里面，对白娘子说了。白娘子道：“甚么好看，休去！”许宣道：“去走一遭，散闷则个。”娘子道：“你要去，身上衣服旧了不好看，我打扮你去。”叫青青取新鲜时样衣服来。许宣着得不长不短，一似像体裁的，戴一顶黑漆头巾，脑后一双白玉环，穿一领青罗道袍，脚着一双皂靴，手中拿一把细巧百摺描金美人珊瑚坠上样春罗扇，打扮得上下齐整。那娘子分付一声，如莺声巧啭[13]道：“丈夫早早回来，切勿教奴记挂！”许宣叫了铁头相伴，径到承天寺来看佛会。人人喝采，好个官人。

只听得有人说道：“昨夜周将仕典当库内，不见了四五千贯金珠细软物件。见今开单告官，挨查，没捉人处。”许宣听得，不解其意，自同铁头在寺。其日烧香官人子弟男女人等往往来来，十分热闹。许宣道：“娘子教我早回，去罢。”转身人丛中，不见了铁头，独自个走出寺门来。只见五六个人似公人打扮，腰里挂着牌儿。数中一个看了许宣，对众人道：“此人身上穿的，手中拿的，好似那话儿。”数中一个认得许宣的道：“小乙官，扇子借我一看。”许宣不知是计，将扇递与公人。那公人道：“你们看这扇子坠，与单上开的一般！”众人喝声：“拿了！”就把许宣一索子绑了，好似：

数只皂雕追紫燕，一群饿虎啖羊羔。

许宣道：“众人休要错了，我是无罪之人。”众公人道：“是不是，且去府前周将仕家分解！他店中失去五千贯金珠细软、白玉绦环、细巧百摺扇、珊瑚坠子，你还说无罪？真赃正贼，有何分说！实是大胆汉子，把我们公人作等闲看成。见今头上、身上、脚上，都是他家物件，公然出外，全无忌惮！”

许宣方才呆了，半晌不则声。许宣道："原来如此。不妨，不妨，自有人偷得。"众人道："你自去苏州府厅上分说。"

次日大尹升厅，押过许宣见了。大尹审问："盗了周将仕库内金珠宝物在于何处？从实供来，免受刑法拷打。"许宣道："禀上相公做主，小人穿的衣服物件皆是妻子白娘子的，不知从何而来，望相公明镜详辨则个！"大尹喝道："你妻子今在何处？"许宣道："见在吉利桥下王主人楼上。"大尹即差缉捕使臣袁子明押了许宣火速捉来。

差人袁子明来到王主人店中，主人吃了一惊，连忙问道："做甚么？"许宣道："白娘子在楼上么？"主人道："你同铁头早去承天寺里，去不多时，白娘子对我说道：'丈夫去寺中闲耍，教我同青青照管楼上。此时不见回来，我与青青去寺前寻他去也，望乞主人替我照管。'出门去了，到晚不见回来。我只道与你去望亲戚，到今日不见回来。"众公人要王主人寻白娘子，前前后后遍寻不见。袁子明将主人捉了，见大尹回话。大尹道："白娘子在何处？"王主人细细禀复了，道："白娘子是妖怪。"大尹一一问了，道："且把许宣监了！"王主人使用了些钱，保出在外，伺候归结。

且说周将仕正在对门茶坊内闲坐，只见家人报道："金珠等物都有了，在库阁头空箱子内。"周将仕听了，慌忙回家看时，果然有了，只不见了头巾、绦环、扇子并扇坠。周将仕道："明是屈了许宣，平白地害了一个人，不好。"暗地里到与该房说了，把许宣只问个小罪名。

却说邵太尉使李募事到苏州干事，来王主人家歇。主人家把许宣来到这里，又吃官事，一一从头说了一遍。李募事寻思道："看自家面上亲眷，如何看做落[14]？"只得与他央人情，上下使钱。一日，大尹把许宣一一供招明白，都做在白娘子身上，只做“不合不出首妖怪等事”，杖一百，配三百六十里，押发镇江府牢城营做工。李募事道：“镇江去便不妨，我有一个结拜的叔叔，姓李名克用，在针子桥下开生药店。我写一封书，你可去投托他。”许宣只得问姐夫借了些盘缠，拜谢了王主人并姐夫，就买酒饭与两个公人吃，收拾行李起程。王主人并姐夫送了一程，各自回去了。

且说许宣在路，饥食渴饮，夜住晓行，不则一日，来到镇江。先寻李克用家，来到针子桥生药铺内。只见主管正在门前卖生药，老将仕从里面走出来。两个公人同许宣慌忙唱个喏道：“小人是杭州李募事家中人，有书在此。”主管接了，递与老将仕。老将仕拆开看了道：“你便是许宣？”许宣道：“小人便是。”李克用教三人吃了饭，分付当直的同到府中，下了公文，使用了钱，保领回家。防送人讨了回文，自归苏州去了。

许宣与当直一同到家中，拜谢了克用，参见了老安人。克用见李募事书，说道：“许宣原是生药店中主管。”因此留他在店中做买卖，夜间教他去五条巷卖豆腐的王公楼上歇。克用见许宣药店中十分精细，心中欢喜。原来药铺中有两个主管，一个张主管，一个赵主管。赵主管一生老实本分。张主管一生克剥奸诈，倚着自老了，欺侮后辈。见又添了许宣，心中不悦，恐怕退了他，反生奸计，要嫉妒他。

忽一日，李克用来店中闲看，问：“新来的做买卖如何？”张主管听了心中道：“中我机谋了！”应道：“好便好了，只有一件，……”克用道：“有甚么一件？”老张道：“他大主买卖肯做，小主儿就打发去了，因此人说他不好。我几次劝他，不肯依我。”老员外说：“这个容易，我自分付他便了，不怕他不依。”赵主管在傍听得此言，私对张主管说道："我们都要和气。许宣新来，我和你照管他才是。有不是宁可当面讲，如何背后去说他？他得知了，只道我们嫉妒。"老张道："你们后生家，晓得甚么！"天已晚了，各回下处。

赵主管来许宣下处道："张主管在员外面前嫉妒你，你如今要愈加用心，大主小主儿买卖，一般样做。"许宣道："多承指教。我和你去闲酌一杯。"二人同到店中，左右坐下。酒保将要饭果碟摆下，二人吃了几杯。赵主管说："老员外最性直，受不得触。你便依随他生性，耐心做买卖。"许宣道："多谢老兄厚爱，谢之不尽。"又饮了两杯，天色晚了。赵主管道："晚了路黑难行，改日再会。"许宣还了酒钱，各自散了。

许宣觉道有杯酒醉了，恐怕冲撞了人，从屋檐下回去。正走之间，只见一家楼上推开窗，将熨斗播灰下来，都倾在许宣头上。立住脚，便骂道："谁家泼男女，不生眼睛，好没道理！"只见一个妇人，慌忙走下来道："官人休要骂，是奴家不是，一时失误了，休怪！"许宣半醉，抬头一看，两眼相观，正是白娘子。许宣怒从心上起，恶向胆边生，无明火焰腾腾高起三千丈，掩纳不住，便骂道："你这贼贱妖精，连累得我好苦！吃了两场官事！"恨小非君子，无毒不丈夫。正是：

踏破铁鞋无觅处，得来全不费工夫。

许宣道："你如今又到这里，却不是妖怪？"赶将入去，把白娘子一把拿住道："你要官休私休！"白娘子陪着笑面道："丈夫，'一夜夫妻百日恩'，和你说来事长。你听我说：当初这衣服，都是我先夫留下的。我与你恩爱深重，教你穿在身上，恩将仇报，反成吴、越？"许宣道："那日我回来寻你，如何不见了？主人都说你同青青来寺前看我，因何又在此间？”白娘子道：“我到寺前，听得说你被捉了去，教青青打听不着，只道你脱身走了。怕来捉我，教青青连忙讨了一只船，到建康府娘舅家去，昨日才到这里。我也道连累你两场官事，还有何面目见你！你怪我也无用了。情意相投，做了夫妻，如今好端端难道走开了？我与你情似太山，恩同东海，誓同生死，可看日常夫妻之面，取我到下处，和你百年谐老，却不是好！”许宣被白娘子一骗，回嗔作喜，沉吟了半晌，被色迷了心胆，留连之意，不回下处，就在白娘子楼上歇了。

次日，来上河五条巷王公楼家，对王公说：“我的妻子同丫鬟从苏州来到这里。”一一说了，道：“我如今搬回来一处过活。”王公道：“此乃好事，如何用说。”当日把白娘子同青青撒来王公楼上。次日，点茶请邻舍。第三日，邻舍又与许宣接风。酒筵散了，邻舍各自回去，不在话下。第四日，许宣早起梳洗已罢，对白娘子说：“我去拜谢东西邻舍，去做买卖去也。你同青青只在楼上照管，切勿出门！”分付已了，自到店中做买卖，早去晚回。不觉光阴迅速，日月如梭，又过一月。

忽一日，许宣与白娘子商量，去见主人李员外妈妈家眷。白娘子道：“你在他家做主管，去参见了他，也好日常走动。”到次日，雇了轿子，径进里面请白娘子上了轿，叫王公挑了盒儿，丫鬟青青跟随，一齐来到李员外家。下了轿子。进到里面，请员外出来。李克用连忙来见，白娘子深深道个万福，拜了两拜，妈妈也拜了两拜，内眷都参见了。原来李克用年纪虽然高大，却专一好色，见了白娘子有倾国之姿，正是：

三魂不附体，七魄在他身。

那员外目不转睛，看白娘子。当时安排酒饭管待。妈妈对员外道："好个伶俐的娘子！十分容貌，温柔和气，本分老成。"员外道："便是杭州娘子生得俊俏。"饮酒罢了，白娘子相谢自回。李克用心中思想："如何得这妇人共宿一宵？"眉头一簇，计上心来，道："六月十三是我寿诞之日，不要慌，教这妇人着我一个道儿。"

不觉乌飞兔走，才过端午，又是六月初间。那员外道："妈妈，十三日是我寿诞，可做一个筵席，请亲眷朋友闲耍一日，也是一生的快乐。"当日亲眷邻友主管人等，都下了请帖。次日，家家户户都送烛面手帕物件来。十三日都来赴筵，吃了一日。次日是女眷们来贺寿，也有廿来个。且说白娘子也来，十分打扮，上着青织金衫儿，下穿大红纱裙，戴一头百巧珠翠金银首饰。带了青青，都到里面拜了生日，参见了老安人。东阁下排着筵席。原来李克用是吃虱子留后腿的人，因见白娘子容貌，设此一计，大排筵席。各各传杯弄盏，酒至半酣，却起身脱衣净手。李员外原来预先分付腹心养娘道："若是白娘子登东，他要进去，你可另引他到后面僻净房内去。"李员外设计已定，先自躲在后面。正是：

不劳钻穴逾墙事，稳做偷香窃玉人。

只见白娘子真个要去净手，养娘便引他到后面一间僻净房内去，养娘自回。那员外心中淫乱，捉身不住，不敢便走进去，却在门缝里张。不张万事皆休，则一张那员外大吃一惊，回身便走，来到后边，往后倒了。

不知一命如何，先觉四肢不举！

那员外眼中不见如花似玉体态，只见房中蟠着一条吊桶来粗大白蛇，两眼一似灯盏，放出金光来。惊得半死，回身便走，一绊一交。众养娘扶起看时，面青口白。主管慌忙用安魂定魄丹服了，方才醒来。老安人与众人都来看了，道：“你为何大惊小怪做甚么？”李员外不说其事，说道：“我今日起得早了，连日又辛苦了些，头风病发，晕倒了。”扶去房里睡了。众亲眷再入席饮了几杯，酒筵散罢，众人作谢回家。

白娘子回到家中思想，恐怕明日李员外在铺中对许宣说出本相来，便生一条计，一头脱衣服，一头叹气。许宣道：“今日出去吃酒，因何回来叹气？”白娘子道：“丈夫，说不得！李员外原来假做生日，其心不善。因见我起身登东，他躲在里面，欲要奸骗我，扯裙扯裤，来调戏我。欲待叫起来，众人都在那里，怕妆幌子。被我一推倒地，他怕羞没意思，假说晕倒了。这惶恐那里出气！”许宣道：“既不曾奸骗你，他是我主人家，出于无奈，只得忍了。这遭休去便了。”白娘子道：“你不与我做主，还要做人？”许宣道：“先前多承姐夫写书，教我投奔他家。亏他不阻，收留在家做主管，如今教我怎的好？”白娘子道：“男子汉！我被他这般欺负，你还去他家做主管？”许宣道：“你教我何处去安身？做何生理？”白娘子道：“做人家主管，也是下贱之事，不如自开一个生药铺。”许宣道：“亏你说，只是那讨本钱？”白娘子道：“你放心，这个容易。我明日把些银子，你先去赁了间房子却又说话。”

且说“今是古，古是今”，各处有这般出热[15]的。间壁有一个人，姓蒋名和，一生出热好事。次日，许宣问白娘子讨了些银子，教蒋和去镇江渡口马头上，赁了一间房子，买下一付生药厨柜，陆续收买生药。十月前后，俱已完备，选日开张药店，不去做主管。那李员外也自知惶恐，不去叫他。

许宣自开店来，不匡[16]买卖一日兴一日，普得厚利。正在门前卖生药，只见一个和尚将着一个募缘簿子道：“小僧是金山寺和尚，如今七月初七日是英烈龙王生日，伏望官人到寺烧香，布施些香钱。”许宣道：“不必写名。我有一块好降香，舍与你拿去烧罢。”即便开柜取出递与和尚。和尚接了道：“是日望官人来烧香！”打一个问讯去了。白娘子看见道：“你这杀才[17]，把这一块好香与那贼秃去换酒肉吃！”许宣道：“我一片诚心舍与他，花费了也是他的罪过。”

不觉又是七月初七日，许宣正开得店，只见街上闹热，人来人往。帮闲的蒋和道：“小乙官前日布施了香，今日何不去寺内闲走一遭？”许宣道：“我收拾了，略待略待，和你同去。”蒋和道：“小人当得相伴。”许宣连忙收拾了，进去对白娘子道：“我去金山寺烧香，你可照管家里则个。”白娘子道：“‘无事不登三宝殿’，去做甚么？”许宣道：“一者不曾认得金山寺，要去看一看；二者前日布施了，要去烧香。”白娘子道：“你既要去，我也挡你不得，也要依我三件事。”许宣道：“那三件？”白娘子道：“一件，不要去方丈内去；二件，不要与和尚说话；三件，去了就回。来得迟，我便来寻你也。”许宣道：“这个何妨，都依得。”当时换了新鲜衣服鞋袜，袖了香盒，同蒋和径到江边，搭了船，投金山寺来。先到龙王堂烧了香，绕寺闲走了一遍，同众人信步来到方丈门前。许宣猛省道：“妻子分付我休要进方丈内去。”立住了脚，不进去。蒋和道：“不妨事，他自在家中，回去只说不曾去便了。”说罢，走入去，看了一回，便出来。

且说方丈当中座上，坐着一个有德行的和尚，眉清目秀，圆顶方袍，看了模样，确是真僧。一见许宣走过，便叫侍者：“快叫那后生进来。”侍者看了一回，人千人万，乱滚滚的，又不认得他，回说：“不知他走那边去了？”和尚见说，持了禅杖，自出方丈来，前后寻不见。复身出寺来看，只见众人都在那里等风浪静了落船。那风浪越大了，道："去不得。"正看之间，只见江心里一只船飞也似来得快。

许宣对蒋和道："这船大风浪过不得渡，那只船如何到来得快！"正说之间，船已将近。看时，一个穿白的妇人，一个穿青的女子来到岸边。仔细一认，正是白娘子和青青两个。许宣这一惊非小。白娘子来到岸边，叫道："你如何不归？快来上船！"许宣却欲上船，只听得有人在背后喝道："业畜[18]在此做甚么？"许宣回头看时，人说道："法海禅师来了！"禅师道："业畜，敢再来无礼，残害生灵！老僧为你特来。"白娘子见了和尚，摇开船，和青青把船一翻，两个都翻下水底去了。许宣回身看着和尚便拜："告尊师，救弟子一条草命！"禅师道："你如何遇着这妇人？"许宣把前项事情从头说了一遍。禅师听罢，道："这妇人正是妖怪，汝可速回杭州去。如再来缠汝，可到湖南净慈寺里来寻我。有诗四句：

本是妖精变妇人，西湖岸上卖娇声。

汝因不识遭他计，有难湖南见老僧。"

许宣拜谢了法海禅师，同蒋和下了渡船，过了江，上岸归家。白娘子同青青都不见了，方才信是妖精。到晚来，教蒋和相伴过夜，心中昏闷，一夜不睡。次日早起，叫蒋和看着家里，却来到针子桥李克用家，把前项事情告诉了一遍。李克用道："我生日之时，他登东，我撞将去，不期见了这妖怪，惊得我死去；我又不敢与你说这话。既然如此，你且搬来我这里住着，别作道理。"许宣作谢了李员外，依旧搬到他家。不觉住过两月有余。

忽一日，立在门前，只见地方总甲分付排门人等，俱要香花灯烛，迎接朝廷恩赦。原来是宋高宗策立孝宗，降赦通行天下，只除人命大事，其余小事，尽行赦放回家。许宣遇赦，欢喜不胜，吟诗一首，诗云：

感谢吾皇降赦文，网开三面许更新。
死时不作他邦鬼，生日还为旧土人。
不幸逢妖愁更甚，何期遇宥罪除根。
归家满把香焚起，拜谢乾坤再造恩。

许宣吟诗已毕，央李员外衙门上下打点使用了钱，见了大尹，给引还乡。拜谢东邻西舍，李员外妈妈合家大小，二位主管，俱拜别了。央帮闲的蒋和买了些土物带回杭州。

来到家中，见了姐夫姐姐，拜了四拜。李募事见了许宣，焦躁道："你好生欺负人！我两遭写书教你投托人，你在李员外家娶了老小，不直得寄封书来教我知道，直恁的无仁无义！"许宣说："我不曾娶妻小。"姐夫道："见今两日前，有一个妇人带着一个丫鬟，道是你的妻子。说你七月初七日去金山寺烧香，不见回来。那里不寻到？直到如今，打听得你回杭州，同丫鬟先到这里，等你两日了。"教人叫出那妇人和丫鬟见了许宣。许宣看见，果是白娘子、青青。许宣见了，目睁口呆，吃了一惊，不在姐夫姐姐面前说这话本，只得任他埋怨了一场。

李募事教许宣共白娘子去一间房内去安身。许宣见晚了，怕这白娘子，心中慌了，不敢向前，朝着白娘子跪在地下道："不知你是何神何鬼，可饶我的性命！"白娘子道："小乙哥，是何道理？我和你许多时夫妻，又不曾亏负你，如何说这等没力气的话。"许宣道："自从和你相识之后，带累我吃了两场官司。我到镇江府，你又来寻我。前日金山寺烧香，归得迟了，你和青青又直赶来。见了禅师，便跳下江里去了。我只道你死了，不想你又先到此。望乞可怜见，饶我则个！"白娘子圆睁怪眼，道："小乙官，我也只是为好，谁想到成怨本！

我与你平生夫妇，共枕同衾，许多恩爱，如今却信别人闲言语，教我夫妻不睦。我如今实对你说，若听我言语，喜喜欢欢，万事皆休；若生外心，教你满城皆为血水，人人手攀洪浪，脚踏浑波，皆死于非命。”惊得许宣战战兢兢，半晌无言可答，不敢走近前去。青青劝道：“官人，娘子爱你杭州人生得好，又喜你恩情深重。听我说，与娘子和睦了，休要疑虑。”许宣吃两个缠不过，叫道：“却是苦耶！”只见姐姐在天井里乘凉，听得叫苦，连忙来到房前，只道他两个儿厮闹，拖了许宣出来。白娘子关上房门自睡。

许宣把前因后事，一一对姐姐告诉了一遍。却好姐夫乘凉归房，姐姐道：“他两口儿厮闹了，如今不知睡了也未，你且去张一张了来。”李募事走到房前看时，里头黑了，半亮不亮。将舌头舔破纸窗，不张万事皆休，一张时，见一条吊桶来大的蟒蛇，睡在床上，伸头在天窗内乘凉，鳞甲内放出白光来，照得房内如同白日。吃了一惊，回身便走。来到房中，不说其事，道：“睡了，不见则声。”许宣躲在姐姐房中，不敢出头，姐夫也不问他。过了一夜。

次日，李募事叫许宣出去，到僻静处问道：“你妻子从何娶来？实实的对我说，不要瞒我。自昨夜亲眼看见他是一条大白蛇，我怕你姐姐害怕，不说出来。”许宣把从头事，一一对姐夫说了一遍。李募事道：“既是这等，白马庙前一个呼蛇戴先生，如法捉得蛇，我同你去接他。”二人取路来到白马庙前，只见戴先生正立在门口。二人道：“先生拜揖。”先生道：“有何见谕？”许宣道：“家中有一条大蟒蛇，想烦一捉则个！”先生道：“宅上何处？”许宣道：“过军将桥黑珠儿巷内李募事家便是。”取出一两银子道：“先生收了银子，待捉得蛇另又相谢。”先生收了道：“二位先回，小子便来。”

李募事与许宣自回。

那先生装了一瓶雄黄药水，一直来到黑珠儿巷门，问李募事家。人指道："前面那楼子内便是。"先生来到门前，揭起帘子，咳嗽一声，并无一个人出来。敲了半晌门，只见一个小娘子出来问道："寻谁家？"先生道："此是李募事家么？"小娘子道："便是。"先生道："说宅上有一条大蛇，却才二位官人来请小子捉蛇。"小娘子道："我家那有大蛇？你差了。"先生道："官人先与我一两银子，说捉了蛇后有重谢。"白娘子道："没有，休信他们哄你。"先生道："如何作耍？"白娘子三回五次发落不去，焦躁起来，道："你真个会捉蛇？只怕你捉他不得！"戴先生道："我祖宗七八代呼蛇捉蛇，量道一条蛇有何难捉！"娘子道："你说捉得，只怕你见了要走！"先生道："不走，不走！如走，罚一锭白银。"娘子道："随我来。"到天井内，那娘子转个湾，走进去了。那先生手中提着瓶儿，立在空地上。不多时，只见刮起一阵冷风，风过处，只见一条吊桶来大的蟒蛇，连射将来，正是：

人无害虎心，虎有伤人意。

且说那戴先生吃了一惊，望后便倒，雄黄罐儿也打破了。那条大蛇张开血红大口，露出雪白齿，来咬先生。先生慌忙爬起来，只恨爹娘少生两脚，一口气跑过桥来，正撞着李募事与许宣。许宣道："如何？"那先生道："好教二位得知，……"把前项事从头说了一遍。取出那一两银子付还李募事道："若不生这双脚，连性命都没了。二位自去照顾别人。"急急的去了。

许宣道："姐夫，如今怎么处？"李募事道："眼见实是妖怪了。如今赤山埠[19]前张成家欠我一千贯钱，你去那里静处，讨一间房儿住下。那怪物不见了你，自然去了。”许宣无计可奈，只得应承。同姐夫到家时，静悄悄的没些动静。李募事写了书贴，和票子做一封，教许宣往赤山埠去。只见白娘子叫许宣到房中道：“你好大胆，又叫甚么捉蛇的来！你若和我好意，佛眼相看；若不好时，带累一城百姓受苦，都死于非命！”许宣听得，心寒胆战，不敢则声。将了票子，闷闷不已，来到赤山埠前，寻着了张成。随即袖中取票时，不见了，只叫得苦。慌忙转步，一路寻回来时，那里见！

正闷之间，来到净慈寺前，忽地里想起那金山寺长老法海禅师曾分付来：“倘若那妖怪再来杭州缠你，可来净慈寺内来寻我。”如今不寻，更待何时？急入寺中，问监寺道：“动问和尚，法海禅师曾来上刹[20]也未？”那和尚道：“不曾到来。”许宣听得说不在，越闷，折身便回来长桥堍[21]下，自言自语道：“‘时衰鬼弄人’，我要性命何用？”看着一湖清水，却待要跳，正是：

阎王判你三更到，定不容人到四更。

许宣正欲跳水，只听得背后有人叫道：“男子汉何故轻生？死了一万口，只当五千双，有事何不问我！”许宣回头看时，正是法海禅师，背驮衣钵，手提禅杖，原来真个才到。也是不该命尽，再迟一碗饭时，性命也休了。许宣见了禅师，纳头便拜，道：“救弟子一命则个！”禅师道：“这业畜在何处？”许宣把上项事一一诉了，道：“如今又直到这里，求尊师救度一命。”禅师于袖中取出一个钵盂，递与许宣道：“你若到家，不可教妇人得知，悄悄的将此物劈头一罩。切勿手轻，紧紧的按住，不可心慌。你便回去。”

且说许宣拜谢了禅师，回家。只见白娘子正坐在那里，口内喃喃的骂道：“不知甚人挑拨我丈夫和我做冤家，打听出来，和他理会！”正是有心等了没心的，许宣张得他眼慢，背后悄悄的，望白娘子头上一罩，用尽平生气力纳住，不见了女子之形。随着钵盂慢慢的按下，不敢手松，紧紧的按住。只听得钵盂内道：“和你数载夫妻，好没一些儿人情！略放一放！”

许宣正没了结处，报道：“有一个和尚，说道：‘要收妖怪。’”许宣听得，连忙教李募事请禅师进来。来到里面，许宣道：“救弟子则个！”不知禅师口里念的甚么，念毕，轻轻的揭起钵盂，只见白娘子缩做七八寸长，如傀儡人像，双眸紧闭，做一堆儿，伏在地下。禅师喝道：“是何业畜妖怪，怎敢缠人？可说备细！”白娘子答道：“禅师，我是一条大蟒蛇。因为风雨大作，来到西湖上安身，同青青一处。不想遇着许宣，春心荡漾，按纳不住，一时冒犯天条，却不曾杀生害命。望禅师慈悲则个！”禅师又问：“青青是何怪？”白娘子道：“青青是西湖内第三桥下潭内千年成气的青鱼。一时遇着，拖他为伴。他不曾得一日欢娱，并望禅师怜悯！”禅师道：“念你千年修炼，免你一死，可现本相！”白娘子不肯。禅师勃然大怒，口中念念有词，大喝道：“揭谛[22]何在？快与我擒青鱼怪来，和白蛇现形，听吾发落！”须臾庭前起一阵狂风。风过处，只闻得豁刺一声响，半空中坠下一个青鱼，有一丈多长，向地拨剌的连跳几跳，缩做尺余长一个小青鱼。看那白娘子时，也复了原形，变了三尺长一条白蛇，兀自昂头看着许宣。禅师将二物置于钵盂之内，扯下褊衫[23]一幅，封了钵盂口。拿到雷峰寺前，将钵盂放在地下，令人搬砖运石，砌成一塔。后来许宣化缘，砌成了七层宝塔，千年万载，白蛇和青鱼不能出世。

且说禅师押镇了，留偈[24]四句：

西湖水干，江潮不起，
雷峰塔倒，白蛇出世。

法海禅师言偈毕，又题诗八句以劝后人：

奉劝世人休爱色，爱色之人被色迷。
心正自然邪不扰，身端怎有恶来欺？
但看许宣因爱色，带累官司惹是非。
不是老僧来救护，白蛇吞了不留些。

法海禅师吟罢，各人自散。惟有许宣情愿出家，礼拜禅师为师，就雷峰塔披剃为僧。修行数年，一夕坐化去了。众僧买龛[25]烧化，造一座骨塔，千年不朽。临去世时，亦有诗八句，留以警世，诗曰：

祖师度我出红尘，铁树开花始见春。
化化轮回重化化，生生转变再生生。
欲知有色还无色，须识无形却有形。
色即是空空即色，空空色色要分明。

【注释】

①小乙：古代对年轻男性排行第一者的俗称。②疏头：旧时向鬼神祈福的祝文。③迤逦：音倚里，缓行貌。④碎玉：比喻细小洁白的牙齿。⑤脚下：指鞋子。⑥当直：指仆人。⑦菖：音昌。⑧识荆：敬辞，指初次见面或结识。⑨坏钞：花费钱财，指请客、送礼、资助人等，是一种客气的说法。⑩看阶：指观赏街景的窗户。⑪避藉陛：指高的台阶。陛，音必。⑫怨畅：犹怨怅。⑬哰：音赚。⑭看做落：谓冷眼旁观，不援手。⑮出热：谓出力。⑯不匡：亦作“不恇”，不料，想不到。⑰杀才：佯嗔之词，常用于称呼所爱者。⑱业畜：作恶的畜生。⑲埠：音不。⑳上刹：敬称佛寺。㉑垗：音兔。㉒揭谛：佛教护法神之一。㉓褊衫：开脊接领，斜披在左肩上，类似袈裟。㉔偈：音记。㉕龛：音堪。

杜十娘怒沉百宝箱

扫荡残胡立帝畿[①]，龙翔凤舞势崔嵬。
左环沧海天一带，右拥太行山万围。
戈戟九边雄绝塞，衣冠万国仰垂衣。
太平人乐华胥[②]世，永永金瓯共日辉。

这首诗，单夸我朝燕京建都之盛。说起燕都的形势，北倚雄关，南压区夏，真乃金城天府，万年不拔之基。当先洪武爷扫荡胡尘，定鼎金陵，是为南京。到永乐爷从北平起兵靖难，迁于燕都，是为北京。只因这一迁，把个苦寒地面变作花锦世界。自永乐爷九传至于万历爷，此乃我朝第十一代的天了。这位天子，聪明神武，德福兼全，十岁登基，在位四十八年，削平了三处寇乱。那三处？

日本关白平秀吉，西夏哱[③]承恩，播州杨应龙。

平秀吉侵犯朝鲜，哱承恩、杨应龙是土官谋叛，先后削平。远夷莫不畏服，争来朝贡。真个是：

一人有庆民安乐，四海无虞国太平。

话中单表万历二十年间，日本国关白作乱，侵犯朝鲜。朝鲜国王上表告急，天朝发兵泛海往救。有户部官奏准：目今兵兴之际，粮饷未充，暂开纳粟入监之例。原来纳粟入监的，有几般便宜：好读书，好科举，好中，结末来又有个小小前程结果。以此宦家公子、富室子弟，到不愿做秀才，都去援例做太学生。自开了这例，两京太学生各添至千人之外。内中有一人，姓李名甲，字干先，浙江绍兴府人氏。父亲李布政所生三儿，惟甲居长，自幼读书在庠，未得登科，援例入于北雍。因在京坐监，与同乡柳遇春监生同游教坊司院内，与一个名姬相遇。那名姬姓杜名媺[④]，排行第十，院中都称为杜十娘，生得：

浑身雅艳，遍体娇香，两弯眉画远山青，一对眼明秋水润。脸如莲萼[⑤]，分明卓氏文君；唇似樱桃，何减白家樊素。可怜一片无瑕玉，误落风尘花柳中。

那杜十娘自十三岁破瓜[⑥]，今一十九岁，七年之内，不知历过了多少公子王孙。一个个情迷意荡，破家荡产而不惜。院中传出四句口号来，道是：

坐中若有杜十娘，斗筲[⑦]之量饮千觞。

院中若识杜老媺，千家粉面都如鬼。

却说李公子风流年少，未逢美色，自遇了杜十娘，喜出望外，把花柳情怀，一担儿挑在他身上。那公子俊俏庞儿，温存性儿，又是撒漫的手儿，帮衬的勤儿，与十娘一双两好，情投意合。十娘因见鸨儿贪财无义，久有从良之志，又见李公子忠厚志诚，甚有心向他。奈李公子惧怕老爷，不敢应承。虽则如此，两下情好愈密，朝欢暮乐，终日相守，如夫妇一般。海誓山盟，各无他志。真个：

恩深似海恩无底，义重如山义更高。

再说杜妈妈，女儿被李公子占住，别的富家巨室闻名上门，求一见而不可得。初时李公子撒漫用钱，大差大使，妈妈胁肩谄笑，奉承不暇。日往月来，不觉一年有余，李公子囊箧渐渐空虚，手不应心，妈妈也就怠慢了。老布政在家闻知儿子嫖院，几遍写字来唤他回去。他迷恋十娘颜色，终日延挨。后来闻知老爷在家发怒，越不敢回。古人云："以利相交者，利尽而疏。"那杜十娘与李公子真情相好，见他手头愈短，心头愈热。妈妈也几遍教女儿打发李甲出院，见女儿不统口[⑧]，又几遍将言语触突李公子，要激怒他起身。公子性本温克，词气愈和。妈妈没奈何，日逐只将十娘叱骂道：“我们行户人家，吃客穿客，前门送旧，后门迎新，门庭闹如火，钱帛堆成垛。自从那李甲在此，混帐一年有余，莫说新客，连旧主顾都断了。分明接了个锺馗老，连小鬼也没得上门，弄得老娘一家人家，有气无烟，成什么模样！”

杜十娘被骂，耐性不住，便回答道：“那李公子不是空手上门的，也曾费过大钱来。”妈妈道：“彼一时，此一时，你只教他今日费些小钱儿，把与老娘办些柴米，养你两口也好。别人家养的女儿便是摇钱树，千生万活，偏我家晦气，养了个退财白虎！开了大门七件事，般般都在老身心上。到替你这小贱人白白养着穷汉，教我衣食从何处来？你对那穷汉说：有本事出几两银子与我，到得你跟了他去，我别讨个丫头过活却不好？”十娘道：“妈妈，这话是真是假？”妈妈晓得李甲囊无一钱，衣衫都典尽了，料他没处设法，便应道：“老娘从不说谎，当真哩。”十娘道：“娘，你要他许多银子？”妈妈道：“若是别人，千把银子也讨了。可怜那穷汉出不起，只要他三百两，我自去讨一个粉头代替。只一件，须是三日内交付与我，左手交银，右手交人。若三日没有银时，老身也不管三七二十一，公子不公子，一顿孤拐，打那光棍出去。那时莫怪老身！”十娘道：“公子虽在客边乏钞，谅三百金还措办得来。只是三日忒近，限他十日便好。”妈妈想道：“这穷汉一双赤手，便限他一百日，他那里来银子？没有银子，便铁皮包脸，料也无颜上门。那时重整家风，媺儿也没得话讲。”答应道：“看你面，便宽到十日。第十日没有银子，不干老娘之事。”十娘道：“若十日内无银，料他也无颜再见了。只怕有了三百两银子，妈妈又翻悔起来。”妈妈道：“老身年五十一岁了，又奉十斋，怎敢说谎？不信时与你拍掌为定。若翻悔时，做猪做狗！”

从来海水斗难量，可笑虔婆意不良。

料定穷儒囊底竭，故将财礼难娇娘。

是夜，十娘与公子在枕边，议及终身之事。公子道：“我非无此心。但教坊落籍，其费甚多，非千金不可。我囊空如洗，如之奈何！”十娘道：“妾已与妈妈议定，只要三百金，但须十日内措办。郎君游资虽罄，然都中岂无亲友可以借贷？倘得如数，妾身遂为君之所有，省受虔婆之气。”公子道：“亲友中为我留恋行院，都不相顾。明日只做束装起身，各家告辞，就开口假贷路费，凑聚将来，或可满得此数。”起身梳洗，别了十娘出门。十娘道：“用心作速，专听佳音。”公子道：“不须分付。”

公子出了院门，来到三亲四友处，假说起身告别，众人到也欢喜。后来叙到路费欠缺，意欲借贷。常言道：“说着钱，便无缘。”亲友们就不招架。他们也见得是，道李公子是风流浪子，迷恋烟花，年许不归，父亲都为他气坏在家。他今日抖然要回，未知真假，倘或说骗盘缠到手，又去还脂粉钱，父亲知道，将好意翻成恶意，始终只是一怪，不如辞了干净。便回道：“目今[9]正值空乏，不能相济，惭愧，惭愧！”人人如此，个个皆然，并没有个慷慨丈夫，肯统口许他一十二十两。李公子一连奔走了三日，分毫无获，又不敢回决十娘，权且含糊答应。到第四日又没想头，就羞回院中。平日间有了杜家，连下处也没有了，今日就无处投宿，只得往同乡柳监生寓所借歇。

柳遇春见公子愁容可掬，问其来历。公子将杜十娘愿嫁之情，备细说了。遇春摇首道：“未必，未必。那杜媺曲中第一名姬，要从良时，怕没有十斛明珠，千金聘礼。那鸨儿如何只要三百两？想鸨儿怪你无钱使用，白白占住他的女儿，设计打发你出门。那妇人与你相处已久，又碍却面皮，不好明言。明知你手内空虚，故意将三百两卖个人情，限你十日，若十日没有，你也不好上门。便上门时，他会说你笑你，落得一场亵渎，自然安身不牢，此乃烟花逐客之计。足下三思，休被其惑。据弟愚意，不如早早开交[10]为上。"公子听说，半晌无言，心中疑惑不定。遇春又道："足下莫要错了主意。你若真个还乡，不多几两盘费，还有人搭救；若是要三百两时，莫说十日，就是十个月也难。如今的世情，那肯顾缓急二字的！那烟花也算定你没处告债，故意设法难你。"公子道："仁兄所见良是。"口里虽如此说，心中割舍不下。依旧又往外边东央西告，只是夜里不进院门了。

公子在柳监生寓中，一连住了三日，共是六日了。杜十娘连日不见公子进院，十分着紧，就教小厮四儿街上去寻。四儿寻到大街，恰好遇见公子。四儿叫道："李姐夫，娘在家里望你。"公子自觉无颜，回复道："今日不得功夫，明日来罢。"四儿奉了十娘之命，一把扯住，死也不放，道："娘叫咱寻你，是必同去走一遭。"李公子心上也牵挂着婊子，没奈何，只得随四儿进院，见了十娘，嘿嘿无言。十娘问道："所谋之事如何？"公子眼中流下泪来。十娘道："莫非人情淡薄，不能足三百之数么？"公子含泪而言，道出二句：

"不信上山擒虎易，果然开口告人难。

一连奔走六日，并无铢两，一双空手，羞见芳卿，故此这几日不敢进院。今日承命呼唤，忍耻而来。非某不用心，实是世情如此。"十娘道："此言休使虔婆知道。郎君今夜且住，妾别有商议。"十娘自备酒肴，与公子欢饮。睡至半夜，十娘对公子道："郎君果不能办一钱耶？妾终身之事，当如何也？"公子只是流涕，不能答一语。

渐渐五更天晓。十娘道："妾所卧絮褥内藏有碎银一百五十两，此妾私蓄，郎君可持去。三百金，妾任其半，郎君亦谋其半，庶易为力。限只四日，万勿迟误！"十娘起身将褥付公子，公子惊喜过望，唤童儿持褥而去。径到柳遇春寓中，又把夜来之情与遇春说了。将褥拆开看时，絮中都裹着零碎银子，取出兑时果是一百五十两。遇春大惊道："此妇真有心人也。既系真情，不可相负，吾当代为足下谋之。"公子道："倘得玉成，决不有负。"当下柳遇春留李公子在寓，自出头各处去借贷。两日之内，凑足一百五十两交付公子道："吾代为足下告债，非为足下，实怜杜十娘之情也。"

李甲拿了三百两银子，喜从天降，笑逐颜开，欣欣然来见十娘。刚是第九日，还不足十日。十娘问道："前日分毫难借，今日如何就有一百五十两？"公子将柳监生事情，又述了一遍。十娘以手加额道："使吾二人得遂其愿者，柳君之力也！"两个欢天喜地，又在院中过了一晚。

次日，十娘早起，对李甲道："此银一交，便当随郎君去矣。舟车之类，合当预备。妾昨日于姊妹中借得白银二十两，郎君可收下为行资也。"公子正愁路费无出，但不敢开口，得银甚喜。说犹未了，鸨儿恰来敲门叫道："媺儿，今日是第十日了。"公子闻叫，启门相延道："承妈妈厚意，正欲相请。"便将银三百两放在桌上。鸨儿不料公子有银，嘿然变色，似有悔意。十娘道："儿在妈妈家中八年，所致金帛，不下数千金矣。今日从良美事，又妈妈亲口所订，三百金不欠分毫，又不曾过期。倘若妈妈失信不许，郎君持银去，儿即刻自尽。恐那时人财两失，悔之无及也。"鸨儿无词以对。腹内筹画了半晌，只得取天平兑准了银子，说道：“事已如此，料留你不住了。只是你要去时，即今就去。平时穿戴衣饰之类，毫厘休想！”说罢，将公子和十娘推出房门，讨锁来就落了锁。此时九月天气。十娘才下床，尚未梳洗，随身旧衣，就拜了妈妈两拜。李公子也作了一揖。一夫一妇，离了虔婆大门。

鲤鱼脱却金钩去，摆尾摇头再不来。

公子教十娘且住片时：“我去唤个小轿抬你，权往柳荣卿寓所去，再作道理。”十娘道：“院中诸姊妹平昔相厚，理宜话别。况前日又承他借贷路费，不可不一谢也。”乃同公子到各姊妹处谢别。姊妹中惟谢月朗、徐素素与杜家相近，尤与十娘亲厚。十娘先到谢月朗家。月朗见十娘秃髻旧衫，惊问其故。十娘备述来因，又引李甲相见。十娘指月朗道：“前日路资，是此位姐姐所贷，郎君可致谢。”李甲连连作揖。月朗便教十娘梳洗，一面去请徐素素来家相会。十娘梳洗已毕，谢、徐二美人各出所有，翠钿金钏，瑶簪宝珥，锦袖花裙，鸾带绣履，把杜十娘装扮得焕然一新，备酒作庆贺筵席。月朗让卧房与李甲、杜媺二人过宿。次日，又大排筵席，遍请院中姊妹。凡十娘相厚者，无不毕集，都与他夫妇把盏称喜。吹弹歌舞，各逞其长，务要尽欢，直饮至夜分。十娘向众姊妹一一称谢。众姊妹道：“十姊为风流领袖，今从郎君去，我等相见无日。何日长行，姊妹们尚当奉送。”月朗道：“候有定期，小妹当来相报。但阿姊千里间关[11]，同郎君远去，囊箧萧条，曾无约束，此乃吾等之事。当相与共谋之，勿令姊有穷途之虑也。”众姊妹各唯唯而散。

是晚，公子和十娘仍宿谢家。至五鼓，十娘对公子道：“吾等此去，何处安身？郎君亦曾计议有定着否？”公子道：“老父盛怒之下，若知娶妓而归，必然加以不堪，反致相累。

展转寻思，尚未有万全之策。”十娘道：“父子天性，岂能终绝？既然仓卒难犯，不若与郎君于苏、杭胜地，权作浮居[12]。郎君先回，求亲友于尊大人面前劝解和顺，然后携妾于归，彼此安妥。”公子道：“此言甚当。”

次日，二人起身辞了谢月朗，暂往柳监生寓中，整顿行装。杜十娘见了柳遇春，倒身下拜，谢其周全之德：“异日我夫妇必当重报。”遇春慌忙答礼道：“十娘钟情所欢，不以贫窭[13]易心，此乃女中豪杰。仆因风吹火，谅区区何足挂齿！”三人又饮了一日酒。

次早，择了出行吉日，雇请轿马停当。十娘又遣童儿寄信，别谢月朗。临行之际，只见肩舆[14]纷纷而至，乃谢月朗与徐素素拉众姊妹来送行。月朗道：“十姊从郎君千里间关，囊中消索，吾等甚不能忘情。今合具薄赆，十姊可检收，或长途空乏，亦可少助。”说罢，命从人挈[15]一描金文具至前，封锁甚固，正不知什么东西在里面。十娘也不开看，也不推辞，但殷勤作谢而已。须臾，舆马齐集，仆夫催促起身。柳监生三杯别酒，和众美人送出崇文门外，各各垂泪而别。正是：

他日重逢难预必，此时分手最堪怜。

再说李公子同杜十娘行至潞河，舍陆从舟。却好有瓜州差使船转回之便，讲定船钱，包了舱口。比及下船时，李公子囊中并无分文余剩。你道杜十娘把二十两银子与公子，如何就没了？公子在院中嫖得衣衫蓝缕，银子到手，未免在解库[16]中取赎几件穿着，又制办了铺盖，剩来只勾轿马之费。公子正当愁闷，十娘道：“郎君勿忧，众姊妹合赠，必有所济。”及取钥开箱。公子有傍自觉惭愧，也不敢窥觑箱中虚实。只见十娘在箱里取出一个红绢袋来，掷于桌上道：“郎君可开看之。”公子提在手中，觉得沉重，启而观之，皆是白银，计数整五十两。十娘仍将箱子下锁，亦不言箱中更有何物，但对公子道："承众姊妹高情，不惟途路不乏，即他日浮寓吴、越间，亦可稍佐吾夫妻山水之费矣。"公子且惊且喜道："若不遇恩卿，我李甲流落他乡，死无葬身之地矣。此情此德，白头不敢忘也！"自此每谈及往事，公子必感激流涕，十娘亦曲意抚慰。一路无话。

不一日，行至瓜州，大船停泊岸口，公子别雇了民船，安放行李。约明日侵晨，剪江而渡。其时仲冬中旬，月明如水，公子和十娘坐于舟首。公子道："自出都门，困守一舱之中，四顾有人，未得畅语。今日独据一舟，更无避忌。且已离塞北，初近江南，宜开怀畅饮，以舒向来抑郁之气。恩卿以为何如？"十娘道："妾久疏谈笑，亦有此心，郎君言及，足见同志耳。"公子乃携酒具于船首，与十娘铺毡并坐，传杯交盏。饮至半酣，公子执卮[17]对十娘道："恩卿妙音，六院推首。某相遇之初，每闻绝调，辄不禁神魂之飞动。心事多违，彼此郁郁，鸾鸣凤奏，久矣不闻。今清江明月，深夜无人，肯为我一歌否？"十娘兴亦勃发，遂开喉顿嗓，取扇按拍，呜呜咽咽，歌出元人施君美《拜月亭》杂剧上"状元执盏与婵娟"一曲，名《小桃红》。真个：

声飞霄汉云皆驻，响入深泉鱼出游。

却说他舟有一少年，姓孙名富，字善赉[18]，徽州新安人氏。家资巨万，积祖扬州种盐。年方二十，也是南雍中朋友。生性风流，惯向青楼买笑，红粉追欢，若嘲风弄月，到是个轻薄的头儿。事有偶然，其夜亦泊舟瓜州渡口，独酌无聊，忽听得歌声嘹亮，凤吟鸾吹，不足喻其美。起立船头，伫听半晌，方知声出邻舟。正欲相访，音响倏已寂然，乃遣仆者潜窥踪迹，访于舟人。但晓得是李相公雇的船，并不知歌者来历。孙富想道："此歌者必非良家，怎生得他一见？"展转寻思，通宵不寐。捱至五更，忽闻江风大作。及晓，彤云密布，狂雪飞舞。怎见得，有诗为证：

千山云树灭，万径人踪绝。

扁舟蓑笠翁，独钓寒江雪。

因这风雪阻渡，舟不得开。孙富命艄[19]公移船，泊于李家舟之傍。孙富貂帽狐裘，推窗假作看雪。值十娘梳洗方毕，纤纤玉手揭起舟傍短帘，自泼盂中残水。粉容微露，却被孙富窥见了，果是国色天香。魂摇心荡，迎眸注目，等候再见一面，杳不可得。沉思久之，乃倚窗高吟高学士《梅花诗》二句，道：

雪满山中高士卧，月明林下美人来。

李甲听得邻舟吟诗，舒头出舱，看是何人。只因这一看，正中了孙富之计。孙富吟诗，正要引李公子出头，他好乘机攀话。当下慌忙举手，就问："老兄尊姓何讳？"李公子叙了姓名乡贯，少不得也问那孙富。孙富也叙过了。又叙了些太学中的闲话，渐渐亲熟。孙富便道："风雪阻舟，乃天遣与尊兄相会，实小弟之幸也。舟次无聊，欲同尊兄上岸，就酒肆中一酌，少领清诲[20]，万望不拒。"公子道："萍水相逢，何当厚扰？"孙富道："说那里话！'四海之内，皆兄弟也'。"喝教艄公打跳，童儿张伞，迎接公子过船，就于船头作揖。然后让公子先行，自己随后，各各登跳上涯。

行不数步，就有个酒楼。二人上楼，拣一副洁净座头，靠窗而坐。酒保列上酒肴。孙富举杯相劝，二人赏雪饮酒。先说些斯文中套话，渐渐引入花柳之事。二人都是过来之人，志同道合，说得入港[21]，一发成相知了。

孙富屏去左右，低低问道："昨夜尊舟清歌者，何人也？”李甲正要卖弄在行，遂实说道：“此乃北京名姬杜十娘也。”孙富道：“既系曲中姊妹，何以归兄？”公子遂将初遇杜十娘，如何相好，后来如何要嫁，如何借银讨他，始末根由，备细述了一遍。孙富道：“兄携丽人而归，固是快事，但不知尊府中能相容否？”公子道：“贱室不足虑，所虑者老父性严，尚费踌躇耳！”孙富将机就机，便问道：“既是尊大人未必相容，兄所携丽人，何处安顿？亦曾通知丽人，共作计较否？”公子攒眉而答道：“此事曾与小妾议之。”孙富欣然问道：“尊宠必有妙策。”公子道：“他意欲侨居苏杭，流连山水。使小弟先回，求亲友宛转于家君之前，俟家君回嗔作喜，然后图归。高明以为何如？”孙富沉吟半晌，故作愀然之色，道：“小弟乍会之间，交浅言深，诚恐见怪。”公子道：“正赖高明指教，何必谦逊？”孙富道：“尊大人位居方面，必严帷薄之嫌，平时既怪兄游非礼之地，今日岂容兄娶不节之人？况且贤亲贵友，谁不迎合尊大人之意者？兄枉去求他，必然相拒。就有个不识时务的进言于尊大人之前，见尊大人意思不允，他就转口了。兄进不能和睦家庭，退无词以回复尊宠。即使留连山水，亦非长久之计。万一资斧[22]困竭，岂不进退两难！”

公子自知手中只有五十金，此时费去大半，说到资斧困竭，进退两难，不觉点头道是。孙富又道：“小弟还有句心腹之谈，兄肯俯听否？”公子道：“承兄过爱，更求尽言。”孙富道：“疏不间亲，还是莫说罢。”公子道：“但说何妨！”孙富道：“自古道：‘妇人水性无常。’况烟花之辈，少真多假。他既系六院名姝，相识定满天下；或者南边原有旧约，借兄之力，挈带而来，以为他适之地。”公子道：“这个恐未必然。”孙富道：“既不然，江南子弟，最工轻薄。兄留丽人独居，难保无逾墙钻穴之事。若挈之同归，愈增尊大人之怒。为兄之计，未有善策。况父子天伦，必不可绝。若为妾而触父，因妓而弃家，海内必以兄为浮浪不经之人。异日妻不以为夫，弟不以为兄，同袍不以为友，兄何以立于天地之间？兄今日不可不熟思也！”

公子闻言，茫然自失，移席问计：“据高明之见，何以教我？”孙富道：“仆有一计，于兄甚便。只恐兄溺枕席之爱[23]，未必能行，使仆空费词说耳！”公子道：“兄诚有良策，使弟再睹家园之乐，乃弟之恩人也。又何惮而不言耶？”孙富道：“兄飘零岁余，严亲怀怒，闺阁离心。设身以处兄之地，诚寝食不安之时也。然尊大人所以怒兄者，不过为迷花恋柳，挥金如土，异日必为弃家荡产之人，不堪承继家业耳！兄今日空手而归，正触其怒。兄倘能割衽席之爱[24]，见机而作，仆愿以千金相赠。兄得千金以报尊大人，只说在京授馆[25]，并不曾浪费分毫，尊大人必然相信。从此家庭和睦，当无间言。须臾之间，转祸为福。兄请三思，仆非贪丽人之色，实为兄效忠于万一也！”

李甲原是没主意的人，本心惧怕老子，被孙富一席话，说透胸中之疑，起身作揖道：“闻兄大教，顿开茅塞。但小妾千里相从，义难顿绝，容归与商之。得妾心肯，当奉复耳。”孙富道：“说话之间，宜放婉曲。彼既忠心为兄，必不忍使兄父子分离，定然玉成兄还乡之事矣。”二人饮了一回酒，风停雪止，天色已晚。孙富教家僮算还了酒钱，与公子携手下船。正是：

逢人且说三分话，未可全抛一片心。

却说杜十娘在舟中，摆设酒果，欲与公子小酌，竟日未回，挑灯以待。公子下船，十娘起迎。见公子颜色匆匆，似有不乐之意，乃满斟热酒劝之。公子摇首不饮，一言不发，竟自床上睡了。十娘心中不悦，乃收拾杯盘，为公子解衣就枕，问道："今日有何见闻，而怀抱郁郁如此？"公子叹息而已，终不启口。问了三四次，公子已睡去了。十娘委决不下，坐于床头而不能寐。到夜半，公子醒来，又叹一口气。十娘道："郎君有何难言之事，频频叹息？"公子拥被而起，欲言不语者几次，扑簌簌掉下泪来。十娘抱持公子于怀间，软言抚慰道："妾与郎君情好，已及二载，千辛万苦，历尽艰难，得有今日。然相从数千里，未曾哀戚。今将渡江，方图百年欢笑，如何反起悲伤？必有其故。夫妇之间，死生相共，有事尽可商量，万勿讳也。"

公子再四被逼不过，只得含泪而言道："仆天涯穷困，蒙恩卿不弃，委曲相从，诚乃莫大之德也。但反复思之，老父位居方面，拘于礼法，况素性方严，恐添嗔怒，必加黜逐。你我流荡，将何底止？夫妇之欢难保，父子之伦又绝。日间蒙新安孙友邀饮，为我筹及此事，寸心如割！"十娘大惊道："郎君意将如何？"公子道："仆事内之人，当局而迷。孙友为我画一计颇善，但恐恩卿不从耳！"十娘道："孙友者何人？计如果善，何不可从？"公子道："孙友名富，新安盐商，少年风流之士也。夜间闻子清歌，因而问及。仆告以来历，并谈及难归之故，渠意欲以千金聘汝。我得千金，可借口以见吾父母，而恩卿亦得所天[26]。但情不能舍，是以悲泣。"说罢，泪如雨下。

十娘放开两手，冷笑一声道："为郎君画此计者，此人乃大英雄也！郎君千金之资既得恢复，而妾归他姓，又不致为行李之累，发乎情，止乎礼，诚两便之策也。那千金在那里？"公子收泪道："未得恩卿之诺，金尚留彼处，未曾过手。"十娘道："明早快快应承了他，不可挫过机会。但千金重事，须得兑足交付郎君之手，妾始过舟，勿为贾竖子[27]所欺。"

时已四鼓，十娘即起身挑灯梳洗道："今日之妆，乃迎新送旧，非比寻常。"于是脂粉香泽，用意修饰，花钿绣袄，极其华艳，香风拂拂，光采照人。装束方完，天色已晓，孙富差家童到船头候信。十娘微窥公子，欣欣似有喜色，乃催公子快去回话，及早兑足银子。公子亲到孙富船中，回复依允。孙富道："兑银易事，须得丽人妆台为信。"公子又回复了十娘，十娘即指描金文具道："可便抬去。"孙富喜甚，即将白银一千两，送到公子船中。十娘亲自检看，足色足数，分毫无爽。乃手把船舷，以手招孙富。孙富一见，魂不附体。十娘启朱唇，开皓齿，道："方才箱子可暂发来，内有李郎路引一纸，可检还之也。"孙富视十娘已为瓮中之鳖，即命家童送那描金文具，安放船头之上。

十娘取钥开锁，内皆抽替小箱。十娘叫公子抽第一层来看，只见翠羽明珰，瑶簪宝珥，充牣于中，约值数百金。十娘遽投之江中。李甲与孙富及两船之人，无不惊诧。又命公子再抽一箱，乃玉箫金管；又抽一箱，尽古玉紫金玩器，约值数千金。十娘尽投之于水。岸上之人，观者如堵，齐声道："可惜，可惜！"正不知什么缘故。最后又抽一箱，箱中复有一匣。开匣视之，夜明之珠，约有盈把。其他祖母绿、猫儿眼，诸般异宝，目所未睹，莫能定其价之多少。众人齐声喝采，喧声如雷。十娘又欲投之于江。李甲不觉大悔，抱持十娘恸哭，那孙富也来劝解。

十娘推开公子在一边，向孙富骂道："我与李郎备尝艰苦，不是容易到此。汝以奸淫之意，巧为谗说，一旦破人姻缘，断人恩爱，乃我之仇人。我死而有知，必当诉之神明，尚妄想枕席之欢乎！"又对李甲道："妾风尘数年，私有所积，本为终身之计。自遇郎君，山盟海誓，白首不渝。前出都之际，假托众姊妹相赠，箱中韫藏百宝，不下万金。将润色郎君之装，归见父母，或怜妾有心，收佐中馈，得终委托，生死无憾。谁知郎君相信不深，惑于浮议，中道见弃，负妾一片真心。今日当众目之前，开箱出视，使郎君知区区千金，未为难事。妾椟中有玉，恨郎眼内无珠。命之不辰，风尘困瘁[28]，甫得脱离，又遭弃捐。今众人各有耳目，共作证明，妾不负郎君，郎君自负妾耳！”于是众人聚观者，无不流涕，都唾骂李公子负心薄幸。公子又羞又苦，且悔且泣，方欲向十娘谢罪，十娘抱持宝匣，向江心一跳。众人急呼捞救，但见云暗江心，波涛滚滚，杳无踪影。可惜一个如花似玉的名姬，一旦葬于江鱼之腹！

三魂渺渺归水府，七魄悠悠入冥途。

当时旁观之人，皆咬牙切齿，争欲拳殴李甲和那孙富。慌得李、孙二人，手足无措，急叫开船，分途遁去。李甲在舟中，看了千金，转忆十娘，终日愧悔，郁成狂疾，终身不痊。孙富自那日受惊，得病卧床月余，终日见杜十娘在傍诟骂，奄奄而逝。人以为江中之报也。

却说柳遇春在京坐监完满，束装回乡，停舟瓜步。偶临江净脸，失坠铜盆于水，觅渔人打捞。及至捞起，乃是个小匣儿。遇春启匣观看，内皆明珠异宝，无价之珍。遇春厚赏渔人，留于床头把玩。是夜梦见江中一女子，凌波而来，视之，乃杜十娘也。近前万福，诉以李郎薄倖[29]之事，又道：“向承君家慷慨，以一百五十金相助。本意息肩之后，徐图报答，不意事无终始。然每怀盛情，悒悒未忘。早间曾以小匣托渔人奉致，聊表寸心，从此不复相见矣。”言讫，猛然惊醒，方知十娘已死，叹息累日。

后人评论此事，以为孙富谋夺美色，轻掷千金，固非良士；李甲不识杜十娘一片苦心，碌碌蠢才，无足道者。独谓十娘千古女侠，岂不能觅一佳侣，共跨秦楼之凤？乃错认李公子，明珠美玉，投于盲人，以致恩变为仇，万种恩情，化为流水，深可惜也！有诗叹云：

不会风流莫妄谈，单单情字费人参。

若将情字能参透，唤作风流也不惭。

【注释】

①畿：音机。②胥：音需。③哱：音八。④媺：古同“美”。⑤莪：音饿。⑥破瓜：喻女子破身。⑦斗筲：喻些微、微小。筲，音稍。⑧统口：改口。⑨目今：现在，当前。⑩开交：了结，罢休，解决，完结等。⑪间关：形容旅途的艰辛、崎岖、辗转。⑫浮居：居处不固定。亦指不固定的居处。⑬贫窭：贫穷。窭，音具。⑭肩舆：指轿子。⑮挈：音妾。⑯解库：当铺。⑰巵：即卮，异体字。音支，古代盛酒的器皿。⑱赉：音赖。⑲艄：音稍。⑳清诲：对人教诲的敬辞。㉑入港：（交谈）投机，意气投合。㉒资斧：利斧，后借作旅费、盘缠。㉓枕席之爱：同“枕席之欢”，指男女媾（音够）欢之事。㉔衽席之爱：同“衽席之好”，指男女情欲之事。衽，音认。㉕授馆：当塾师。㉖所天：旧称所依靠的人。此指丈夫。㉗竖子：小子，对人的蔑称。㉘瘁：音翠。㉙倖：即幸，异体字。